SOUS L'EMPRISE
DU TIKI

FRANÇOISE
SAINT - CHABAUD

A LOUISE CHABAUD

CHAPITRE 1

Poerava Morton regarda, d'un air absent, la foule qui se pressait autour d'elle. Des centaines de T-shirts, de chemises, de robes légères formant un ruban compact et bigarré. Une confusion d'enfants, d'hommes et de femmes. Une explosion jubilatoire de fête foraine.

L'été s'annonçait particulièrement chaud à Sydney à l'approche de Noël. D'une touffeur orageuse qui alourdissait les corps. Comme chaque année à la même époque, la jeune femme éprouvait une envie viscérale de retourner chez elle à Tahiti. Les dix ans pendant lesquels elle avait travaillé avec acharnement, dans cette ville d'Australie qu'elle aimait tant, ne l'avaient pas guérie de la nostalgie d'un vrai Noël en famille. Pourtant elle se sentait fière d'être chroniqueuse au *Sydney Post*, ce grand quotidien qui attirait les journalistes les plus compétents. Malgré sa nationalité australienne, acquise récemment, elle restait au sein de l'équipe rédactionnelle une étrangère. Elle savait que le moindre faux-pas ou la plus petite faiblesse lui serait fatal. Nick Martins, son rédacteur en chef, ne le lui avait pas caché. Elle enquêtait sur une affaire trop importante pour imaginer seulement prendre quelques jours de congés.

Elle soupira et se fraya tant bien que mal un chemin entre les passants qui s'agglutinaient devant les vitrines de David Jones. Les décorations du grand magasin l'agacèrent, la renvoyant une fois de plus à ses tourments d'exilée. Elle accéléra le pas, sans se soucier de l'affluence qui grossissait. Un homme la bouscula et faillit lui faire perdre l'équilibre. Des badauds la dévisagèrent avec curiosité. Impassible, elle continua d'avancer. Cette agitation fébrile ne la concernait pas.

Elle avait d'autres soucis.

Un sentiment d'urgence l'oppressait. Elle se demandait qui l'avait appelée à son journal et elle essayait de se souvenir du message incompréhensible laissé sur son répondeur. Absorbée dans ses pensées, elle n'aperçut pas un homme à moto qui débouchait à petite allure d'une rue adjacente. Elle contourna le magasin, fit quelques mètres, puis traversa Elizabeth Street. C'est alors que le motard accéléra. En un éclair, elle le vit foncer sur elle, mais n'eut pas le temps de l'éviter.

Le choc fut brutal.

D'un coup de pied violent, l'homme casqué la projeta à terre et sa tête heurta le bord du trottoir. Du sang rougit la chaussée. Un enfant se mit à hurler. Poerava aussi voulut crier, mais n'émit qu'un gargouillis grotesque. Un goût écœurant noyait à présent sa bouche et l'étouffait. Elle vit encore une fillette, penchée sur elle, qui la contemplait muette d'effroi. Puis elle ferma les yeux et s'enfonça dans les ténèbres.

Au même instant, Jim Simmons sortait de sa salle de classe. Souriant et détendu, il s'engouffra dans l'escalier et dévala quatre à quatre l'unique étage qui le séparait du couloir de l'administration. Après avoir remis un paquet de copies à la secrétaire du département où il enseignait, il se dirigea vers la salle des professeurs pour prendre son courrier.

Le téléphone sonnait depuis plus d'une minute quand Jim pénétra dans son bureau. En décrochant, il reconnut immédiatement la voix nasillarde de Sheila Parkinson.

- Bonjour Sheila, fit-il d'un ton enjoué.
- Bonjour.

Il perçut une légère hésitation chez sa jeune étudiante.

- Qu'est-ce qui ne va pas ? Vous n'avez pas terminé votre exposé, n'est-ce pas ?

Un silence éloquent s'ensuivit.

- Je ne sais pas comment vous le dire, mais Tony Nolan et Pamela McLeod ont décidé de tout abandonner. Ils m'ont prévenue à la dernière minute et ne m'ont donné aucune raison.

- Ecoutez Sheila, la meilleure solution est de chercher un volontaire pour le terminer avec vous avant les vacances.

- Mais c'est impossible, il ne reste que deux semaines !

Jim crut percevoir un sanglot dans sa voix. Il se fit plus conciliant.

- Eh bien, disons pour la rentrée. J'en parlerai lundi en classe.

- Surtout pas ! s'écria-t-elle, affolée. N'en parlez à personne...

Lorsque Sheila Parkinson eut raccroché, Jim se demanda ce que cela signifiait. Puis se rappelant qu'il était déjà seize heures, il prit ses papiers et sortit précipitamment de son bureau.

Dans sa hâte, il ne remarqua pas un petit groupe d'étudiants qui semblaient l'attendre dans le couloir. Il esquiva deux ou trois collègues et se dirigea avec détermination vers la sortie. Dehors, le soleil percutait l'asphalte de ses rayons verticaux. Par prudence, il s'abstint d'emprunter la route goudronnée, préférant les allées qui traversaient de part en part le campus. Les bâtiments de l'université, de style anglais, déployaient leur masse imposante au milieu d'un parc parfaitement entretenu et de nombreux étudiants révisaient leurs examens à l'ombre ajourée des eucalyptus. Jim Simmons sourit intérieurement. Il aimait cette ambiance sécurisante qui le protégeait des aléas du monde extérieur. Et surtout il était fier d'être Australien, d'appartenir à cette race de rudes pionniers restés sensibles aux beautés d'une nature exceptionnelle.

En franchissant la grille d'entrée, il songea qu'il devait absolument convaincre Poerava de l'accompagner chez sa mère, dans les Montagnes Bleues, là où le *bush*[1]australien devenait impénétrable. Il regarda sa montre. La jeune

---

[1] *mot qui désigne la brousse*

femme devait être encore à son journal. Il décida de l'appeler. Un bus stoppa au moment où Jim allumait son téléphone mobile. Il hésita quelques secondes. Les bus étaient rares et il ne voulait pas manquer celui-là. Alors, à contrecœur, il renonça et courut rejoindre les voyageurs qui s'y entassaient déjà.

CHAPITRE 2

Accoudé au bastingage du ferry qui le ramenait chez lui à Kirribilli, de l'autre côté de la baie de Sydney, Jim Simmons fixait sans le voir l'embarcadère qui s'éloignait doucement. Ses pensées dérivaient ailleurs.

Il songeait à l'appel téléphonique pour le moins curieux de son étudiante. Sheila Parkinson avait été jusque là une jeune fille sérieuse et travailleuse. De milieu modeste, elle assistait aux cours avec la plus grande assiduité et travaillait d'arrache-pied pour réussir à ses examens. Elle s'asseyait toujours à la même place, ne participait aux débats que rarement et avait très peu d'amis. Cependant, depuis quelques mois, elle présentait des signes d'exaltation qui n'étaient pas sans l'inquiéter.

Elle avait d'abord surpris la classe en se teignant subitement les cheveux en orange vif et en arborant des tenues tapageuses. Son comportement s'était également modifié. D'étudiante timide, elle s'était transformée, sans crier gare, en passionaria activiste. Jim avait d'abord été amusé puis gêné par ses démonstrations d'admiration intempestives. Les cours qu'il donnait au Département d'Ethnologie avaient toujours été très populaires auprès d'une poignée d'étudiants, mais cette fois, il ne s'expliquait pas l'attitude quasi hystérique de la jeune fille.

En repensant à son affolement à l'autre bout du fil, il se demanda s'il avait bien fait de ne pas avoir exigé davantage d'explications. L'année universitaire touchait à sa fin et certains étudiants s'inquiétaient de leurs résultats.

Mais jamais il n'avait rencontré pareille réaction. Jim était maintenant convaincu que Sheila avait des ennuis. Une onde d'agacement le traversa en songeant qu'il allait être obligé de tirer l'affaire au clair. Les vacances approchaient et il avait d'autres projets. Pour apaiser sa conscience, il se promit néanmoins de lui téléphoner une fois rentré chez lui. Il contempla longuement l'image familière des gratte-ciel qui enserraient Circular Quay avant de pénétrer dans la cabine du bateau.

À l'intérieur, il faisait chaud et humide. Il chercha du regard une place assise et en repéra une près d'une baie ouverte. Il s'y laissa tomber avec satisfaction et regarda sa montre. Il était déjà dix-sept heures trente. Par réflexe, comme chaque fois qu'il restait sans nouvelles de Poerava, Jim alluma son portable et composa le numéro personnel de la jeune femme. En entendant la messagerie, il ne put réprimer un mouvement d'humeur. À quoi servaient tous ces appareils sophistiqués si elle restait introuvable? Malgré sa grogne, il se força à lui laisser un bref message.

Depuis qu'il l'avait rencontrée, Jim était devenu jaloux. Son caractère entier et passionné s'accommodait mal des incertitudes du métier de journaliste. Né à WaggaWagga, petite ville perdue dans les terres à des kilomètres de Sydney, il avait gardé le mode de vie simple voire conformiste de ses habitants. Poerava se moquait d'ailleurs souvent de ses manières un peu rigides. Lui ne s'en formalisait pas et continuait de mener une existence sans histoire.

Après quinze minutes de traversée, le ferry accosta l'étroit ponton de bois qui servait de débarcadère à Kirribilli Wharf. Sans attendre la passerelle, Jim sauta sur le quai flottant et grimpa une volée de marches. Plusieurs mètres plus haut, il déboucha sur une rue escarpée aux maisonnettes serrées les unes contre les autres. Il s'y engagea et accéléra encore l'allure, soufflant comme un sportif. Parvenu au sommet, il tourna dans Carabella Street et ralentit le pas. Le plus dur était fait. La modeste maison qu'il avait récemment achetée et qu'il rénovait après ses cours ne se trouvait plus très loin.

Le quartier possédait le charme des constructions du début du siècle et offrait aux curieux quelques beaux vestiges de l'époque victorienne. Les intellectuels et les artistes recherchaient ces quartiers non loin du centre, à présent réhabilités. Jim n'avait pas pu s'offrir les plus courus, comme Paddington ni les docks de Woolloomooloo, mais il ressentait une immense satisfaction à l'idée d'être propriétaire de sa maison. De son *fare*[2] le corrigeait Poerava, employant le terme tahitien, et bien qu'il sût que la remarque était affective, il se sentait blessé dans son amour-propre. La maison, petite et toujours en travaux, avait un air modeste et peu flatteur qu'il n'aimait pas qu'on lui rappelle.

La jeune Tahitienne préférait les demeures bourgeoises des quartiers résidentiels et ne s'en cachait pas. Elle avait élu domicile à Vaucluse et partageait avec une compatriote l'une de ces grandes maisons d'allure coloniale, au fronton monumental, qui dominent la baie de Sydney. Elle refusait également de rendre visite à Jim sous prétexte qu'il n'y avait rien à faire de l'autre côté. Ses invitations répétées n'y avaient rien changé.

Comme chaque vendredi, il s'arrêta à l'épicerie italienne située à l'angle de Carabella et de Peel Streets. Après avoir patiemment attendu son tour, Jim Simmons sortit sa liste de commissions et laissa échapper un juron. Il venait d'apercevoir, entre les salamis pendus dans la vitrine, la tignasse facilement identifiable de Sheila Parkinson.

Il jeta sa liste sur le comptoir et cria au vendeur sidéré de le livrer à domicile. Puis, sans plus d'explication, il se rua dehors à la poursuite de la jeune fille.

Sa surprise fut totale lorsqu'il constata que la rue était déserte. Perplexe, il se demanda dans quelle direction elle avait pu aller. Se fiant à son intuition, il opta pour Peel Street, inspectant plusieurs voies privées alentour. Mais il dut très vite admettre qu'il l'avait manquée. Furieux, il rebroussa chemin.

En entrant chez lui, Jim Simmons se dirigea immédiatement dans le salon qui lui servait aussi de bureau. Aucun signal ne clignotait sur son répondeur. Jim

---

[2] *mot tahitien désignant une maison*

se raidit, balança ses affaires à l'autre bout de la pièce, puis partit dans la cuisine se préparer du thé fort. Lorsqu'il revint, il avait repris en partie son calme. Il s'assit à sa table de travail et évalua froidement ses chances de conquérir le cœur de Poerava. Elles étaient plutôt minces.

Depuis six mois qu'ils se connaissaient, c'était toujours lui qui faisait les premiers pas. Il avait d'abord été obligé de s'acheter un téléphone mobile pour la joindre plus facilement, ce qu'il détestait. Puis, il avait dû se contenter de rendez-vous à la sauvette qu'elle annulait souvent au dernier moment.

De nouveau exaspéré, Jim allait ressortir, quand le fax se mit à crépiter. C'était son vieil ami, Paul Dorval, qui annonçait sa visite. Un chercheur, comme lui, mais qui savait parler aux femmes. Il émit un sifflement admiratif en lisant le nom de l'hôtel où il descendait. " Sacré veinard! " répéta-t-il plusieurs fois en soupirant. Il s'empressa de lui répondre, heureux de la diversion. Puis, se souvenant de Sheila Parkinson, il décrocha son téléphone.

CHAPITRE 3

Lorsque Poerava reprit connaissance, elle comprit qu'elle était à l'hôpital. Elle ouvrit les yeux et les referma aussitôt, blessée par la lumière du jour. Que s'était-il passé? Elle n'arrivait plus à se remémorer l'accident. Une douleur sourde mobilisait son attention et l'empêchait de penser.

Soudain des voix lui parvinrent du couloir, étouffées par le martèlement du sang qui battait furieusement à ses tempes. Elle voulut appeler, mais un noyau d'angoisse lui bloqua la gorge. Les yeux à présent grands ouverts, elle chercha à atteindre la sonnette, mais ne réussit qu'à bouger péniblement les doigts. Alors, retombant dans une sorte d'hébétude résignée, elle ferma de nouveau les yeux.

Le temps ne comptait plus. Seule restait omniprésente sa solitude de jeune femme déracinée vivant à des milliers de kilomètres de sa terre natale. Une solitude qu'elle avait voulue, contre l'avis de ses proches. Elle n'ignorait pas que son père l'accusait d'avoir trahi ses racines *Ma'ohi*[3] au profit de celles d'un grand-père anglais, un temps installé à Sydney. En choisissant l'Australie, Poerava Morton avait

---

[3] *mot tahitien utilisé depuis 1970 pour désigner un homme dont l'identité à sa terre natale est fièrement revendiquée*

renoncé une fois pour toutes, croyait-elle, à son existence passée, privilégiant le rythme de vie des *Popa'a*[4] et les joies égoïstes de son métier. Forte d'un caractère bien trempé et d'un solide diplôme en journalisme, elle s'était peu à peu imposée au *Sydney Post*, l'un des plus anciens journaux d'Australie. Sa capacité de travail et le succès de ses articles avaient fini par vaincre les dernières réticences de ses collègues masculins. Nick Martins était de ceux-là.

Elle aurait dû être pleinement satisfaite. Pourtant, depuis peu, un sentiment profond d'insatisfaction l'habitait en permanence. Elle se l'avouait rarement. Mais aujourd'hui, face à elle-même dans sa chambre d'hôpital, il lui était difficile de l'ignorer.

Le bruit d'une porte qui s'ouvre interrompit le fil de ses réflexions. Elle ne pouvait tourner la tête en direction de la porte, mais elle entendit distinctement le grincement d'un chariot que l'on pousse, le tintement de tasses qui s'entrechoquent ainsi que des chuchotements.

Puis plus rien.

Alors Poerava eut l'impression qu'une immense vague venue d'ailleurs la submergeait, l'emportait loin, très loin, hors du temps, dans un passé qu'elle seule connaissait.

Elle sursauta. Des pas s'approchaient de son lit. Ouvrant les yeux, elle vit deux hommes penchés au-dessus d'elle.

- Vous m'entendez ? fit le plus âgé des deux.

Elle cligna des yeux en signe d'acquiescement.

- Passez-moi son dossier, s'il vous plaît ? continua-t-il en désignant à l'infirmière de garde une chemise cartonnée qu'il venait de poser sur la table près de la porte.

Puis il se tourna de nouveau vers Poerava, s'assit près du lit et approcha son visage tout près du sien.

- Soyez tranquillisée, le scanner ne révèle aucune lésion au cerveau.

Rien de cassé non plus. Dans votre chute, vous vous êtes blessée à la tête et avez perdu beaucoup de sang.

Puis il ajouta en se levant :

- Vous avez eu énormément de chance, mademoiselle

---

[4] *mot tahitien désignant un blanc, un occidental*

Morton. Par contre, le coma qui a suivi votre accident peut avoir provoqué des troubles secondaires de type psychologique. Comme il est encore trop tôt pour le savoir, nous allons vous garder en observation quelques jours. Je reviendrai vous voir demain.

Le Dr Friar parut vouloir ajouter autre chose, mais changea d'avis et fit signe à l'infirmière.

- La malade semble toujours en état de choc, fit-il en baissant la voix. Veillez bien sur elle !
- Vous craignez quelque chose, docteur ?
- Non, je ne pense pas. Simple précaution.

Le ton de sa voix se voulait rassurant, cependant le regard inquiet qu'il jeta furtivement sur Poerava démentait ses propos. La jeune femme respirait lentement, les yeux clos et comme absente. «Je n'aime pas ça», marmonna-t-il en entraînant son collègue hors de la chambre.

Pourtant Poerava se sentait bien. Les médicaments agissaient et la douleur avait disparu. Elle essayait de penser à son travail, à ses projets. La lassitude grandissante qui l'envahissait peu à peu calmait son angoisse. Elle oubliait l'accident. Des images anciennes lui revenaient en mémoire, apaisantes. Dans un halo de lumière, entre rêve et éveil, sereine, elle remontait le temps.

Un cri la ramena à la réalité. Un enfant pleurait dans la chambre d'à côté. « Quand pourrai-je sortir ? » se demanda-t-elle de nouveau inquiète. En voulant bouger le bras, elle sentit un tiraillement et comprit qu'on lui avait posé une perfusion.

Elle sentait maintenant son corps revenir à la vie, douloureux et pesant.

Un bandage emprisonnait sa tête et lui faisait mal. Il faisait maintenant nuit dans la chambre et elle avait envie, elle aussi, de crier. Soudain quelqu'un alluma la veilleuse placée au-dessus de la porte et entra.

- Je suis Rosaleen Duffy et j'étais avec vous dans l'ambulance.

Poerava reconnut la voix de la brancardière, une voix amicale aux inflexions mélodieuses. Elle était rassurée de la savoir à ses côtés et essaya de sourire.

- Je suis venue vous rapporter ce bijou que vous avez perdu lors de votre accident.

Rosaleen Duffy s'approcha du lit et lui prit la main. Elle y déposa un pendentif ancien à la forme étrange. Une représentation sommaire d'un être au corps trapu, les mains sur le ventre et la tête proéminente.

« Très exotique » dit la jeune brancardière en hochant la tête d'un air entendu, « cela aurait été dommage de le perdre... » Elle s'arrêta net, regardant attentivement la jeune femme qui faisait de gros efforts pour articuler :

- Gardez-le !

Interloquée, elle hésita puis s'assit sans un mot ne semblant pas comprendre.

« Gardez-le ! » répéta Poerava distinctement. Puis fatiguée par l'effort qu'elle venait de faire, elle ferma les yeux.

Elle voulait oublier, échapper à la douleur.

Sentant une torpeur l'envahir peu à peu, elle abandonna toute résistance et se laissa glisser dans l'anéantissement progressif de tout son être.

Lorsqu'elle émergea, de nouveau, à l'état de conscience, la jeune brancardière était toujours assise à ses côtés. Combien de temps avait-elle erré dans les limbes bienfaisantes de cette somnolence médicamenteuse, elle ne pouvait le dire ? Elle avait complètement perdu la notion du temps. Pourtant elle devait parler à la jeune femme. Rassemblant ses forces, elle murmura son nom.

- Rosaleen, approchez.

- Ne parlez pas, je vous en prie, vous êtes encore trop faible. Je reviendrai demain et nous parlerons ensemble.

- Non. Attendez !

En s'approchant plus près du lit, Rosaleen fut saisie d'inquiétude. Le visage de Poerava était couvert d'une rougeur diffuse et son regard avait une fixité alarmante.

D'un geste compatissant, elle enserra les mains brûlantes de la jeune femme entre les siennes, tentant de la rassurer. Elle sentait maintenant son pouls battre à une cadence effrénée. "Je vais appeler une infirmière, je reviens" lui souffla-t-elle à l'oreille et elle sortit précipitamment.

Dans le couloir, il n'y avait personne. Elle nota qu'il était déjà vingt heures dix à l'horloge de l'hôpital. Elle non plus n'avait pas vu le temps passer.

Dans sa poche, elle palpa le pendentif qu'elle avait rapporté à Poerava Morton. Depuis plusieurs heures, l'image de ce tiki la hantait. Maintenant elle avait peur pour la jeune femme. Une peur confuse, sans visage. Elle songea au tatouage qu'elle avait sur le bras. C'était aussi un tiki et une idée lui vint. Simple et horrible.

Elle devait lui parler sérieusement.

Au bout du couloir, une infirmière sortit de l'une des chambres. Rosaleen s'élança dans sa direction.

- S'il vous plaît !

- Oui, qu' y a-t-il ?

- Il faut absolument que vous veniez voir une malade.

- C'est urgent ?

- Oui, je crois.

L'infirmière lui emboîta le pas, peu convaincue, seule sa conscience professionnelle l'empêchant de refuser de la suivre. Toutefois, lorsqu'elle pénétra dans la chambre de Poerava, elle comprit immédiatement qu'il ne fallait pas perdre de temps. La respiration saccadée de la jeune femme, sa forte fièvre et ses pu- pilles dilatées laissaient présager le pire. Avec sang-froid, elle se tourna vers la brancardière.

- Vite, allez chercher le médecin de garde au fond du couloir à gauche.

- Qu'est-ce que je lui dis ? eut du mal à articuler Rosaleen qui avait la gorge nouée.

- Code pink ! Il comprendra.

Rosaleen eut le temps de se rappeler que c'était le langage codé qu'utilisait le personnel hospitalier pour désigner en cas d'urgence la procédure à suivre pour réanimer un malade. C'est donc complètement affolée qu'elle sortit de la chambre.

Quelques minutes plus tard, le médecin de garde et une deuxième infirmière étaient au chevet de Poerava. Très affectée, Rosaleen décida d'aller prendre une boisson chaude à la cafétéria de l'hôpital. Elle pourrait ainsi se ressaisir et passer ensuite la nuit au chevet de la jeune femme. Elle longea un couloir interminable, attendit l'ascenseur puis finalement prit l'escalier de service. La cafétéria était déserte quand elle y entra. C'était un self-service plutôt exigu à la décoration sommaire. Elle s'approcha des comptoirs et fut surprise par l'abondance des plats et des desserts. Sans hésitation elle prit un thé au citron, choisit une énorme pâtisserie et alla s'asseoir près d'une fenêtre. Elle se détendit un peu en buvant les premières gorgées de son thé brûlant.

Lorsqu'elle eut terminé, la jeune brancardière se leva, prit son plateau et se dirigea vers la sortie. Elle eut immédiatement l'impression que quelqu'un la suivait du regard. Elle se retourna mais il n'y avait personne. La cafétéria était toujours aussi déserte et la même caissière attendait patiemment les clients. "Je ferais mieux de me dépêcher, ils ont peut-être besoin de moi" se dit-elle machinalement. Puis au même moment une autre pensée l'assaillit avec force "et si elle allait mourir !" Etonnée de ne pas y avoir songé plus tôt, elle se précipita dans l'ascenseur.

Poerava percevait une agitation fébrile autour d'elle. Le médecin et les infirmières s'affairaient dans la chambre. Pourquoi ne la laissaient-ils pas tranquille ?

Oublier. S'enfoncer dans les ténèbres.

Soudain, Poerava se sentit aspirée par une force irrésistible qui l'emportait dans un tourbillon. Un sentiment d'apesanteur l'envahit et elle sentit à peine distinctement l'une des infirmières lui frictionner vigoureusement les membres. Son corps semblait sans vie.

- Docteur, vite ! Elle va perdre connaissance.

Poerava voulut les rassurer mais elle ne put émettre aucun son. Ne plus souffrir. Flotter.

Une sérénité apaisante l'irradiait, remplaçant toute autre sensation. L'envie de se laisser glisser vers un ailleurs la gagnait peu à peu, mais un appel pressant la retint. Quelqu'un quelque part l'appelait. Une douleur aiguë lui fit pousser un cri. Son corps la faisait de nouveau souffrir.

CHAPITRE 4

Il était presque minuit, lorsque Nick Martins rentra chez lui. En ouvrant la porte de l'appartement qu'il habitait au dixième étage d'un immeuble bordant Hyde Park, il entendit la sonnerie du téléphone. Il se précipita aussitôt à l'intérieur et ne put retenir un juron quand la sonnerie s'arrêta à l'instant même où il posait la main sur le combiné. Contrarié, Nick jeta son attaché-case sur l'un des fauteuils du salon et se versa une forte rasade d'alcool. Il avait déjà beaucoup bu, mais sentait le besoin impérieux de calmer l'agitation qui le gagnait.

La bouteille à la main, il s'affala sur le canapé et attrapa un livre. Il n'avait pas sommeil et pensait lire une bonne heure avant d'aller se coucher, quand le téléphone sonna de nouveau. Il eut envie de ne pas répondre, mais, mû par un obscur pressentiment, décrocha le combiné. Il reconnut la voix de son vieil ami Jack.

- Allô, Nick, désolé de te déranger si tard, mais c'est à propos de Poerava.

- Que se passe-t-il ?

- On ne sait pas encore grand chose, sauf qu'elle a eu un accident juste après votre réunion et qu'elle a été hospitalisée.

- Merde ! ... Et c'est seulement maintenant que tu me préviens !

- Les urgences ne nous ont avertis qu'en fin de soirée.

Début du week-end oblige ! Et la fille à la permanence n'a pas fait remonter l'info...

- A quel hôpital a-t-elle été admise, coupa Nick en proie à une vive inquiétude.

- Au Sydney Hospital.

- OK, j'y vais. Tu es au journal ?

- Oui, oui.

- Alors attends-moi en bas, j'y serai dans dix minutes.

Il raccrocha, se reprochant de n'être pas rentré au journal avec Poerava Morton après leur réunion et frémit à l'idée qu'elle pouvait être blessée gravement. La journaliste-vedette du *Sydney Post* ! Une vraie tuile qui pouvait lui coûter cher. Il maudit sa malchance, prit une veste et sortit.

En route pour l'hôpital, Jack fit à Nick un court récit des faits, du moins ce qu'il en savait. Les premiers détails qu'il avait obtenus étaient succincts et se réduisaient, pour l'essentiel, à des bruits de couloir. Une fois sur place, ils allaient pouvoir reconstituer ce qui s'était passé. Mais ils se heurtèrent à l'hostilité du personnel qui, malgré tous leurs efforts, leur refusa catégoriquement l'entrée de la chambre de Poerava. Seul, un jeune médecin de garde accepta de les renseigner et leur assura qu'elle était hors de danger. Furieux, Nick ordonna à Jack de rester et rentra chez lui.

Il dormit peu cette nuit-là et fut au journal dès huit heures le lendemain. Quelques minutes après son arrivée, Jack entrait dans son bureau et lui apprenait l'existence de la brancardière.

- Bon travail, vieux. A cette allure-là, nous saurons bientôt le nom du salaud qui l'a renversée. Des témoins ?

- Oui, une petite fille.

- Bon, mets-moi un jeune reporter sur le coup. Je veux que tout soit bouclé avant lundi.

- OK patron. J'ai déjà briefé Richard Hughes dans la nuit. Cela ne devrait pas traîner.

Un grognement lui répondit.

Jack s'arrêta dans l'embrasure de la porte, un sourire narquois au coin des lèvres.

- Et pour le titre, tu prévois quoi : une journaliste sauvagement agressée ou bien mystérieux accident en plein Sydney ?

- La ferme !

Nick avait retrouvé sa pugnacité. Il se balançait sur son fauteuil de droite à gauche, signe qu'il allait passer à l'attaque. Finalement il était content d'aider cette belle fille. Après tout c'est elle qui, la première, était venue lui demander de l'aide. En repensant à leur conversation de la veille, peu de temps avant l'accident, il s'aperçut qu'il avait négligé un détail. Poerava lui avait parlé plusieurs fois d'un appel téléphonique anonyme. Elle l'avait trouvé sur son répondeur en arrivant le matin même au journal et semblait in- quiète. Sur le moment il n'y avait attaché aucune importance. Mais maintenant il se demandait s'il n'existait pas un lien entre les deux. La seule façon de le savoir était d'écouter le message qui devait toujours être sur le répondeur. « Bon sang, il me faut cet enregistrement! »

Il bondit sur l'interphone et demanda à sa secrétaire d'aller dans le bureau de Poerava afin de lui ramener son répondeur. Puis il appela le reporter chargé de l'affaire.

Nick poussa un soupir d'agacement en voyant entrer Richard Hughes, jeune stagiaire de vingt-quatre ans, tiré à quatre épingles et à l'allure d'échassier. Il fut pris d'une envie irrésistible de l'envoyer promener mais se retint sachant que c'était un protégé de Jack.

- Asseyez-vous, Richard, ne restez pas là planté comme ça. J'ai un élément nouveau à vous communiquer.

Le jeune homme s'assit, le stylo levé prêt à prendre des notes.

- Je suis en fait la dernière personne à avoir vu Poerava Morton peu avant l'accident, continua Nick. Je suis aussi le seul à connaître un détail qui peut se révéler capital.

Il se pencha en avant, cherchant à guetter dans le visage impassible de Richard un signe quelconque de surprise. Mais celui-ci resta imperturbable.

- Vous comprenez que la discrétion est de rigueur. La police ne doit rien en savoir.

À ce moment précis, Richard s'agita nerveusement sur sa chaise. Nick crut qu'il allait parler.

- C'est un peu une affaire interne. Poerava Morton est

une journaliste de renom qui travaille au sein de notre équipe....Mais qu' y a-t-il ?

Richard Hughes venait de se lever pris d'un violent tremblement. Il avait lâché son stylo et bégayait des excuses.

- Bon Dieu, expliquez-vous plus clairement !

- J'ai enlevé hier soir la cassette du répondeur de Poerava Morton, réussit-il à articuler. Je l'ai postée à mon oncle ce matin de très bonne heure.

- Celui qui travaille à la police ?

Richard Hughes acquiesça.

Nick dut faire un gros effort sur lui-même pour rester calme. Il fourragea nerveusement dans son tiroir, prit une poignée de cachous et les avala d'un trait.

- Vous l'avez écoutée au moins, cette cassette ?

- Oui.

- Et alors !

- La voix est celle d'un homme jeune. La façon dont il parle m'a tout de suite fait penser qu'il essayait de déguiser sa voix ?

- Bravo, Sherlock Holmes.

Le ton de Nick était moqueur. Ce Richard Hughes l'agaçait décidément prodigieusement. Ce dernier ne broncha pas.

- La qualité de la bande....

- AU FAIT ! explosa Nick.

- J'y viens. Son message est plutôt bizarre. Un mélange de mots anglais et étrangers. J'ai noté « *ténèbres* », « nature » et surtout le mot « *mat*» ….. .

- Bon c'est simple, coupa Nick, vous n'avez rien compris. Alors maintenant, débrouillez-vous pour récupérer cette cassette.

Lorsque Richard Hughes eut refermé la porte, Nick se leva et se versa à boire. La bévue du jeune reporter risquait de compliquer les choses ou tout du moins de les retarder. Il aurait voulu sortir un papier très vite et devancer ses confrères qui n'allaient pas tarder à avoir vent de l'histoire de la cassette. Il imaginait déjà les gros titres « Chantage au *Sydney Post* » ou encore « Une journaliste victime d'un maniaque». Il allait prendre les choses en main et commencer par virer ce jeune stagiaire incapable. Mais auparavant, il allait prévenir son patron et convoquer la rédaction.

Une heure plus tard, à dix heures précises, les membres de la rédaction entrèrent dans la salle de conférences du *Sydney Post*. En quelques mots, Nick leur décrivit la situation et leur fit part des craintes du propriétaire. La diffusion du quotidien était en augmentation constante depuis plusieurs mois et était due, en grande partie, au succès grandissant de la rubrique de Poerava Morton. Son accident compromettait ce nouvel essor. John Knox, propriétaire du journal et d'une grande chaîne de télévision, n'avait pas manqué de faire savoir à Nick qu'il jouait son avenir en même temps que celui du journal.

- Je crois avoir été clair, martela Nick. Si les ventes ne continuent pas d'augmenter ou pire encore chutent, c'est la porte pour beaucoup d'entre nous.

Autour de Nick, les visages étaient soucieux.

- Peut-être que Poerava peut écrire ses articles de l'hôpital ? suggéra le rédacteur en chef adjoint.

- J'en doute fort, vu le choc qu'elle a subi, grommela Nick.

- Alors on peut l'aider !

- Tu plaisantes Jack ? Voyons cela n'a aucun sens.

- J'ai une idée ! s'écria le directeur de la publicité. Je pense que l'on pourrait se servir de son accident.

- Comment cela ? demanda Nick intrigué.

- Poerava a construit son succès en traquant les crimes et les anomalies de notre société. Pourquoi ne pas mener une enquête, mais cette fois autour d'elle.

- Impossible.

- Pourquoi pas ? C'est le principe de l'arroseur arrosé.

- Admettons. Mais dans la pratique, cela ressemble à quoi ?

- Eh bien, Poerava se ferait interviewer par l'un de nos journalistes sur son travail, ses dangers etc... Tout ce qui est lié de près ou de loin à son accident. Puis le journaliste publierait un avis de recherche avec...

La sonnerie du téléphone interrompit net les explications de Dick Rovers. Nick s'empara du téléphone et cria presque dans l'appareil.

- Oui, allô. J'écoute !

Reconnaissant la voix de l'inspecteur principal, Arthur Brians, il se radoucit aussitôt.

- Bonjour inspecteur. Quoi de neuf ? OK, c'est noté. Merci et à bientôt.

En raccrochant, Nick soupira. Encore une pauvre fille qui venait de se jeter sous une rame de métro. La rubrique des faits divers du journal en était pleine. C'était la routine pour lui, mais une routine à laquelle il avait du mal à se faire. La curiosité malsaine des badauds, le détachement apparent des forces de l'ordre et les victimes elles-mêmes que souvent personne ne réclamait, tout cela lui paraissait de plus en plus sordide. « Vous vieillissez, patron » plaisantaient les jeunes reporters. Peut-être qu'il vieillissait en effet. À quarante ans, il avait envie de laisser son empreinte sur cette foutue terre et John Knox lui offrait la chance de sa vie. Mais voilà, il y avait l'accident de Poerava. Il fallait à tout prix un scoop ou une nouvelle idée qui ferait grimper les recettes.

En sortant de la réunion, Jack prit Nick par le bras et l'entraîna à l'écart. « On a eu un nouveau coup de fil anonyme pour Poerava » lui dit-il le visage fermé. « Une voix de femme, cette fois. »

CHAPITRE 5

En apercevant sa jeune collègue Joy Hoggins entrer dans le hall de la bibliothèque de l'université, Jim Simmons ne put s'empêcher d'admirer la démarche souple et racée de la jeune femme. Ses longs cheveux blonds coiffés en chignon lui donnaient l'air d'une héroïne d'un film de Hitchkock.

Avant de connaître Poerava Morton, Jim était sorti deux ou trois fois avec elle et avait beaucoup apprécié sa compagnie. Il avait cru comprendre qu'elle n'était pas non plus insensible à son charme. Pourtant, ils n'avaient pas poursuivi leur relation et sans explication ne s'étaient pas revus.

Comme il l'espérait, Joy s'arrêta à sa hauteur.

- Je suis heureuse de te revoir Jim.

- Moi aussi, Joy.

- J'ai quelque chose à te montrer.

Elle sortit un dossier de la pile qu'elle tenait dans ses bras.

- J'ai peut-être trouvé le moyen d'attirer ton attention sérieusement, lui souffla-t-elle à l'oreille, un rien provocante. Viens !

Elle lui saisit la main et l'entraîna à l'intérieur de la bibliothèque. Intrigué, Jim n'opposa aucune résistance.

Comme tous les samedis matins, la bibliothèque était déserte. Joy se dirigea vers la section consacrée aux peuples de l'Océanie que tous deux connaissaient bien.

Elle déposa ses dossiers sur l'une des longues tables de travail en chêne et s'appuya à l'un des piliers de la salle.

- J'ai besoin de ton avis, lui dit-elle en le regardant fixement.

Le calme de sa voix contrastait étrangement avec la fébrilité de son regard. « Que penses-tu de ça ? » lui demanda-t-elle en étalant sur la table une gravure ancienne. Intéressé, Jim se pencha sur le dessin qu'elle lui tendait et l'étudia un court instant : « tiki des Marquises, gravure début 19ème siècle » murmura-t-il.

En relevant la tête, il surprit, l'espace d'une fraction de seconde, l'air triomphant de Joy.

- Où l'as-tu trouvé ?

- C'est l'un de mes anciens étudiants qui se l'ait vu confié. Il est venu me voir tout de suite après mon cours de mercredi pour avoir un avis.

Jim fronça les sourcils.

- C'est curieux. On ne confie pas au premier venu un document de cette valeur. C'est probablement un original.

Elle battit des paupières et ne répondit pas.

- Tu as une idée de sa provenance exacte ?

- Oui. Une galerie d'art très connue à Paddington.

- Et pourquoi cet étudiant est venu te voir en particulier ? Tu n'es ni ethnologue ni historienne, que je sache !

- Je te l'ai déjà dit. C'est l'un de mes anciens étudiants.

Jim hocha la tête, perplexe.

- Il savait que je saurais où m'adresser, lui glissa-t-elle. Ne me dis pas que tu n'as pas très envie d'étudier cette gravure.

Elle s'assit et lui fit signe de l'imiter. Jim grommela quelque chose et s'assit à son tour.

Joy était maintenant tout près de lui. Il hésitait. Soudain il pensa à Sheila Parkinson qui devait l'attendre dans le hall.

- Ecoute, je suis désolé, mais aujourd'hui je n'ai pas le temps. Un autre jour, sûrement.

Il fit mine de se lever mais Joy le retint par le bras. Ses yeux bleus avaient la couleur profonde de l'aigue-marine et le regard qu'elle posa sur lui le mit mal à l'aise.

- Je t'en prie.

Sa main se fit plus pressante. Regardant sa montre, il dit d'un air qui se voulait désinvolte.

- Il est quinze heures dix et je dois voir une étudiante dans .... exactement cinq minutes !

- Alors je t'attendrai ici le temps qu'il faudra. Interloqué, Jim Simmons regarda la jeune femme.

- Mais, ça peut être long !

- Tant pis. J'ai tout mon temps.

Ebranlé par sa détermination, il songea, en un éclair, que Sheila Parkinson n'avait sans doute rien de spécial à lui dire. Il s'étonna même d'avoir accepté ce rendez-vous absurde.

- OK. Je reste, dit-il tout à coup décidé.

- J'en étais sûre !

Jim ne put s'empêcher de rire de tant d'assurance.

- Tu es bien maligne pour savoir avant moi ce que j'allais faire !

- Ce n'était pas très difficile. Te connaissant, j'étais certaine que tu ne résisterais pas à l'envie d'étudier cette gravure ancienne.

- Tu avais en effet raison.

- Et si on allait chez moi ? suggéra-t-elle à brûle-pourpoint. Nous pourrions y parler plus tranquillement.

- Ça me va. Tu pourras aussi m'expliquer par la même occasion pourquoi tu m'as évité tous ces derniers mois.

Joy rougit.

- Voyons Jim, ne complique pas inutilement la situation

Joy Hoggins occupait un minuscule appartement à deux pas de Sydney Université. Les étudiants s'attardaient souvent chez elle et son salon était toujours encombré de livres et de dossiers. Des verres à demi vides traînaient çà et là et une odeur persistante de cigarette flottait dans l'atmosphère confinée de la pièce.

- Tu m'excuseras, Jim. Mais hier la réunion de fin de trimestre s'est poursuivie chez moi un peu tard.

Sans attendre de réponse, elle se précipita pour ouvrir la fenêtre. Une bouffée d'air chaud pénétra aussitôt à l'intérieur. « Juste pour aérer un peu » s'excusa-t-elle. Puis elle se dirigea vers la kitchenette où elle disparut un court instant derrière le bar.

- Je vais te faire un bon café et ensuite nous passerons aux choses sérieuses. Assieds-toi.

Jim dut repousser une pile de copies, un vieux châle et quelques objets hétéroclites pour pouvoir s'asseoir.

- Mets tout ce qui te gêne par terre !

Elle resurgit au même moment de la kitchenette, deux *mugs*5 à la main, disparut de nouveau puis revint dégager le canapé et la table basse. Elle souriait et son visage était comme irradié de l'intérieur. Jim lui fit signe de venir s'asseoir près de lui.

- Attends ! Je reviens, le café doit être prêt.

Confortablement installé dans le canapé, il examinait avec attention la jeune femme. Son corps mince ondoyait comme une tige à chacun de ses mouvements. Elle marchait pieds nus et était vêtue d'une robe fuseau qui la moulait, mettant en valeur sa poitrine menue et ses hanches étroites.

Lorsque, d'un geste rapide, elle défit son chignon et libéra son épaisse chevelure, Jim fut de nouveau frappé par sa beauté.

Consciente du trouble qu'elle éveillait en lui, Joy s'avança sans un mot, s'agenouilla devant la table basse et y déposa la cafetière.

Puis elle versa le café dans les deux *mugs*[5] avec des gestes lents.

- C'est un café italien à l'arôme incomparable, fit-elle la lèvre gourmande. Tu ne regretteras pas d'être venu.

- Je ne le regrette déjà pas !

Elle sourit, puis s'assit à ses côtés, un carton à dessins sur les genoux.

- Je voudrais que tu me parles des rituels marquisiens.

- Que veux-tu savoir au juste ? demanda Jim en étouffant un bâillement.

Il se sentait fatigué.

- J'ai besoin de l'avis d'un expert comme toi sur le passage des saisons et les sacrifices humains. Mais tu ne m'écoutes pas, Jim ?

---

[5] *mot australien désignant une grande tasse pour boire le thé*

- Si, si ... ou plutôt non. À vrai dire, je ne me sens pas très bien.

Les grands yeux bleus de la jeune femme se posèrent sur lui avec sollicitude. Inquiète, elle effleura son front.

- Tu n'as pas de fièvre. Veux-tu quand même une aspirine ?

- Non, ce n'est pas d'une infirmière dont j'ai besoin, c'est d'une amie. Es-tu mon amie, Joy ?

- Comment peux-tu en douter Jim ?

Elle s'était rapprochée de lui, ses cuisses touchant presque les siennes et le regardait intensément.

Jim lui prit la main.

- J'aimerais que nous soyons bons amis, toi et moi. N'attendant rien en échange.

- Mais je ne te demande rien ... rien du tout !

En disant cela, sa voix trembla un peu et Jim eut pitié d'elle. Il la prit dans ses bras et la serra très fort. Instinctivement elle se blottit contre lui. Sentant la situation lui échapper, Jim chercha à se dégager. Mais il était déjà trop tard. Joy était pressée contre lui, ses lèvres brûlantes cherchant les siennes.

CHAPITRE 6

La pression amicale d'une main la réveilla. Poerava ouvrit les yeux et reconnut le visage de Nick Martins penché sur elle.

- Nick !

- Doucement, ma belle. Je suis venu prendre de tes nouvelles. Je ne suis pas là pour te fatiguer. Poerava esquissa un sourire. Enfin un visage familier ! Elle se sentait déjà un peu mieux.

- Tu sais, ce sont de véritables cerbères à l'entrée. Personne n'a pu venir te voir de tout le week-end et c'est pas faute d'avoir essayé.

- Cela a été terrible, c'est vrai. J'avais de la fièvre et la douleur était atroce.

- C'est fini, plus que quelques jours et tu vas pouvoir sortir d'ici.

Une infirmière entra, un thermomètre à la main. Elle s'approcha du lit avec autorité, bouscula Nick et planta le thermomètre dans la bouche de Poerava. Puis calmement elle activa un bouton près de la table de nuit et fit remonter électriquement l'avant du lit.

- Voilà, vous serez mieux pour parler à votre ami.

Elle arrangea soigneusement les oreillers, retira le thermomètre et triomphalement le montra à Poerava.

- 37°C, c'est parfait !

- Vous au moins vous n'avez pas le triomphe modeste, s'esclaffa Nick.

- Chut ! pas si fort. N'oubliez pas que vous êtes dans un hôpital, monsieur.

Nick grimaça et sans plus de cérémonies reconduisit l'infirmière revêche à la porte de la chambre.

- Merci, nous n'avons plus besoin de vous.

Offusquée et rouge de colère, elle eut néanmoins le temps de lancer à Poerava :

- Surtout n'hésitez pas à m'appeler si monsieur vous fatigue.

- Ne vous inquiétez surtout pas, répliqua Nick narquois.

Et il la poussa dehors fermement puis revint s'asseoir près du lit.

- Quel crampon !

Poerava s'émerveillait de la vitalité de Nick, de sa force et de sa gouaille. En comparaison, elle ressemblait à un véritable légume. Pour lui prendre un peu de son énergie, elle posa la main sur son avant-bras et ferma les yeux.

Il se méprit sur son geste.

- Qu'as-tu Poerava ? ça ne va pas ?

Elle rouvrit les yeux et lui sourit.

- Mais si... Parle moi du journal.

- Ah, je ne sais pas si c'est une bonne idée !

- Allez, sois gentil. Le journal me manque.

Nick ne se fit pas prier davantage et enchaîna.

- Tu dois te douter que tout le monde parle de ton accident. Le patron s'inquiète évidemment des tirages et m'a forcé à flanquer une bonne trouille à la rédaction, histoire de les motiver.

- Cela ne m'étonne pas. Cet homme n'a pas de cœur !

- Ou plutôt si, il a un tiroir-caisse à la place du cœur, rectifia Nick en riant. Bref c'est la panique générale, pour l'instant, du moins.

- Je pourrais très bien écrire mes articles de chez moi.

- Oui, mais quand ?

- Une fois sortie...dans quelques jours, une semaine. Une simple hospitalisation n'empêche pas le travail intellectuel que je sache ?

- Sûrement pas, à condition de se reposer.

Il lui jeta un regard oblique.

- Tu comprends, le scanner et tous ces trucs-là n'ont pas bonne réputation, continua-t-il tout en l'observant.

Le visage de Poerava était détendu mais affreusement pâle. Son épaisse chevelure noire était éparpillée sur l'oreiller et lui donnait un air fragile et sans défense.

Pendant un bref instant, Nick eut mauvaise conscience. Mais très vite, son naturel reprit le dessus.

- Mon petit, lui dit-il à mi-voix, j'ai besoin que tu me parles de cette cassette.

- Quelle cassette ? fit-elle alarmée.

Il rapprocha son visage du sien.

- Celle de ton répondeur, tu sais avec le coup de fil anonyme.

- Je ne m'en souviens pas très bien, Nick. Désolée.

- Essaie de te souvenir, s'il te plaît. C'est peut-être très important.

- C'est difficile, le message était…..

- Étrange ?

- Disons plutôt incohérent et en même temps menaçant.

Nick s'était redressé.

- Comment menaçant ! Tu es sûre ?

- Non. Je ne suis plus sûre de rien, soupira-t-elle.

- Tu le fais exprès ! s'emporta Nick.

Il regretta immédiatement son emportement et allait s'excuser quand l'infirmière entra l'œil réprobateur.

- Une autre visite pour mademoiselle, un certain monsieur Simmons.

- Ah, ton petit prof romantique ! Il ne manquait plus que lui.

Nick regarda sa montre et constata qu'il était deux heures trente. Il devait partir.

- Je vous laisse les tourtereaux.

Il lança une œillade à Poerava et sortit sans même saluer Jim.

Elle était soulagée. Cette conversation la fatiguait et elle avait envie de rester seule avec Jim.

Jim, au pied du lit, se tenait raide et mal à l'aise. Poerava lui tendit la main.

- Viens t'asseoir près de moi.

- On ne m'a pas prévenu plus tôt, s'excusa-t-il, sinon je serais venu dès vendredi soir.

- Ne regrette rien, les visites étaient interdites.

- La police est venue ?

- Ce matin, un inspecteur m'a posé quelques questions.

- Et Nick Martins ?

- La routine, dit-elle en souriant. La simple routine.

CHAPITRE 7

Nick Martins n'avait pas eu le temps de dire à Poerava que la police avait probablement sa cassette et que l'inspecteur Brians venait de le convoquer.

Les aiguilles de sa montre indiquaient maintenant quatorze heures trente et le rendez-vous était fixé à quinze heures. Heureusement le Sydney Hospital n'était pas loin des bureaux de l'inspecteur. Nick héla un taxi et se fit conduire à l'angle de Hyde Park et de Liverpool Street. Le temps s'étant tout à coup rafraîchi, il avait envie de marcher un peu.

Il connaissait bien l'inspecteur principal de la brigade criminelle du secteur et travaillait souvent avec lui. Il n'était donc pas inquiet. Ce qui le contrariait, c'était plutôt Poerava. Il avait l'impression qu'elle lui cachait quelque chose. Il y avait aussi l'histoire absurde de la cassette, l'inspecteur allait sûrement lui en parler. Il soupira et entra dans le vieux bâtiment qui abritait les locaux de la police.

Arthur Brians l'attendait.

- Salut, Nick. Entre !

L'inspecteur ferma soigneusement la porte de son bureau et ajusta, avant de s'asseoir, ses lunettes à monture métallique.

- Je n'irai pas par quatre chemins : ton journal est dans la merde!

- Quoi ! s'écria Nick surpris.

- La jeune femme d'hier matin qui s'est jetée sous le métro, tu te souviens?

Nick hocha la tête en signe d'acquiescement.

- Eh bien, tout porte à croire que ce n'est pas un suicide mais un meurtre.

- Je ne vois franchement pas en quoi cela nous concerne, rétorqua Nick froidement.

- Rosaleen Duffy - cela te dit quelque chose ?

- La brancardière !

- Exactement. La brancardière qui était dans l'ambulance avec Poerava Morton et qui a passé la nuit auprès d'elle. Drôle de coïncidence, non ? Et ce n'est pas fini.

Nick pensa à la cassette mais se tut.

- On a retrouvé ceci sur elle.

L'inspecteur ouvrit son tiroir et en sortit une petite pochette en plastique scellée, étiquetée au nom de Rosaleen Duffy. Il la tendit à Nick et guetta sa réaction.

Nick prit la pochette et l'observa sans un mot. Elle contenait un pendentif en os poli.

- J'attendais de te voir avant de l'envoyer au labo, continua l'inspecteur.

- Pourquoi ?

- Une intuition. Je pensais que tu aurais sans doute une petite idée sur la question.

- Désolé de te décevoir, Arthur, mais c'est la première fois que je vois ce pendentif.

La lumière du soleil couchant jouait sur l'os poli et mettait en valeur le travail de l'artiste. Les deux hommes semblaient fascinés. La voix de l'inspecteur le rappela à la réalité.

- Je veux bien te croire, dit-il d'une voix traînante. Mais cela n'empêche pas que quelqu'un de chez vous était au courant. Regarde !

Il agitait maintenant un morceau de papier sur lequel étaient maladroitement griffonnés un nom et un numéro de téléphone : *Sydney Post* - 6510 5100.

Nick manqua s'étouffer de surprise.

- Bon sang, qu'est-ce que ça veut dire ? Je peux savoir où tu l'as trouvé?

- Oui. Nous l'avons trouvé dans la poche de la

brancardière avec l'objet. Ce qui veut dire en clair qu'elle savait quelque chose et qu'elle avait décidé de parler. Puis elle a été tuée. Avant de parler ou parce qu'elle avait parlé? C'est à nous de le découvrir.

L'inspecteur se leva et se dirigea vers la porte, signifiant ainsi que l'entretien était terminé.

- Bien sûr, nous allons être obligés d'enquêter à ton journal.

- Je comprends, fit Nick toujours sous le choc.

Au moment où il allait quitter la pièce, Arthur Brians le retint.

- Nick, je suis désolé. Vraiment désolé, vieux.

- C'est bon. Merci.

Dehors, Nick Martins eut le sentiment que l'air était plus étouffant. Il repensa au numéro de téléphone. Ce n'était pas celui du standard mais plutôt celui d'un des départements du journal. Il ne tarderait pas à savoir lequel.

CHAPITRE 8

En entrant dans le hall du *Sydney Post*, Nick ne s'arrêta pas, comme à son habitude, pour saluer le concierge de l'immeuble mais pénétra immédiatement dans l'un des ascenseurs. Il pressa le bouton de l'étage, où se trouvait le bureau de son vieil ami Jack. « Bon Dieu, encore de nouvelles emmerdes. » Il ne s'aperçut pas qu'il avait parlé à haute voix et qu'on s'écartait sur son passage. Nick Martins était d'une humeur exécrable et cela se voyait. Rédacteur en chef depuis deux ans, il dirigeait avec fermeté l'entreprise et ses coups de gueule étaient célèbres. Guidé par une ambition sans faille, il avait gravi un à un tous les échelons de la hiérarchie. Parfois péniblement. Toujours au prix de sacrifices personnels. À présent, il donnait peu et demandait beaucoup.

Sa secrétaire, une jolie fille aux allures de Marilyn Monroe, se précipita à sa rencontre.

- Monsieur Martins, mademoiselle Morton vient d'appeler de l'hôpital, complètement affolée.

- J'ai pas le temps, lui répondit-il en la bousculant, allez me chercher Jack. Je veux le voir tout de suite.

- Bien monsieur.

Un peu éberluée, elle tourna les talons et partit à la recherche de Jack, tandis que Nick s'enfermait dans son bureau.

- Il va falloir que tu m'expliques ! hurla-t-il, lorsque,

quelques instants plus tard, Jack Thompson frappait à sa porte puis entrait.

Jack avait l'habitude de ses colères subites et il était le seul à ne pas s'en offusquer. Il s'assit et lui demanda calmement :

- OK, mais d'abord dis-moi de quoi il s'agit.
- Tu ne devineras jamais d'où je viens.
- De l'hôpital ?
- Oui. Mais après, je suis allé à la police.
- Ah oui !
- Plus exactement l'inspecteur Brians m'a demandé de passer à ses bureaux.
- Tu veux dire qu'Arthur t'a officiellement convoqué ?
- Oui, et là, froidement il m'a annoncé que la brancardière avait été assassinée et que quelqu'un de chez nous était impliqué dans l'affaire.

Jack ne répondit pas mais la stupeur se peignit sur ses traits alourdis par l'alcool et le travail.

À quarante-cinq ans, il en paraissait dix de plus. « Merde » laissa-t-il échapper.

Nick regarda droit dans les yeux son vieil ami.

- Ils ont retrouvé sur la jeune femme un pendentif très particulier ainsi que le nom et le numéro de téléphone du journal.

Jack haussa les épaules d'un air las.

- Qu'est-ce que ça prouve, Nick ? Absolument rien. N'importe qui peut se le procurer.
- Ouais sauf que tu oublies un détail. Le numéro de téléphone n'était pas celui du standard mais le tien.
- Qu'est-ce que tu insinues ?
- Je n'insinue rien, vieux. J'ai la preuve que tu étais au courant et que tu ne m'as rien dit. Alors maintenant je veux savoir la vérité.
- Ecoute, je n'en sais sans doute pas beaucoup plus que toi.
- Dis toujours, après on verra.
- Hier soir, après ton départ de l'hôpital, j'ai tout de suite appelé le jeune stagiaire Hughes pour qu'il vienne me remplacer.

J'avais l'intention de retourner au journal pour écouter l'enregistrement de Poerava.

Hughes de son côté devait par tous les moyens entrer en contact avec la brancardière.

Jack s'arrêta, s'enfonça dans sa chaise et continua d'une voix plus forte.

- J'étais persuadé - et je le suis toujours - que Poerava subissait un genre de chantage. Depuis quelques temps, elle n'était plus la même et je voulais m'assurer qu'elle n'avait pas reçu de menaces.

- Avais-tu parlé de tes inquiétudes à quelqu'un ?

- Oui, au jeune stagiaire puisqu'il devait travailler dessus. C'était un cas inespéré pour lui.

- Inespéré, comme tu dis, reprit Nick sarcastique.

- C'est un jeune homme d'avenir, Nick, ne le sous-estime pas.

- Ton jeune homme d'avenir a simplement envoyé la cassette à la police!

- Pas exactement. Il l'a envoyée à son oncle qui travaille à la police. Nuance !

- Mais pourquoi ?

- Pour avoir un conseil, c'est tout.

- Et toi, tu n'as pas trouvé drôle de ne pas découvrir la cassette dans le répondeur de Poerava ?

- Non, j'ai tout de suite pensé qu'elle l'avait enlevée pour te la faire écouter. Je savais que vous aviez une réunion. Je ne me suis donc pas inquiété.

- Si je comprends bien, Richard Hughes est resté toute la nuit ou une partie de la nuit à l'hôpital avec l'espoir de parler à Rosaleen Duffy.

Jack fit oui de la tête.

- Lui a-t-il parlé finalement ?

- Non, mais il a pu lui communiquer mes coordonnées pour qu'elle passe nous voir...

- Ce qui n'était pas spécialement une bonne idée quand on connaît la suite, enchaîna Nick.

Jack ignora la remarque et continua.

- D'après les indications que l'inspecteur Brians t'a fournies ce matin, elle a été tuée à la station de métro Wynyard, ce qui pourrait laisser penser qu'elle s'était décidée à venir nous voir. Mais pour quel motif ? Nous n'en savons rien.

Nick allait lui poser une autre question, lorsque sa secrétaire l'appela sur son interphone.

- Monsieur Martins, c'est de nouveau mademoiselle Morton qui insiste pour vous parler. Désolée, mais cela me paraît urgent.

- C'est bon, passez-la moi.

Il décrocha son téléphone puis brancha le haut-parleur.

- Nick ! C'est affreux.

La voix de Poerava Morton résonna, méconnaissable, dans le bureau où se tenaient les deux hommes, à présent inquiets.

- Une femme a cherché à m'agresser tout à l'heure ... Sans les infirmières, je ne sais pas ce qui serait arrivé.

- Allons, calme-toi mon petit.

- J'ai peur, Nick, bégaya-t-elle. Je ne veux plus rester seule dans cette chambre.

- Tu ne te montes pas un peu la tête ?

- J'ai peur, répéta-t-elle. Tu comprends ?

Puis, après une pause, elle ajouta :

- Envoie-moi les vigiles du journal pour une nuit ou deux. C'est tout ce que je te demande.

- Ecoute, mon chou. On va faire un marché.

Poerava ne répondit pas.

- Si tu veux qu'on t'aide, il faut que tu nous en donnes les moyens.

- Comment ? s'écria-t-elle.

- Il faut absolument que je sache ce qu'il y avait dans cette cassette.

- Non, non et non. Laisse-moi tranquille.... Je ne veux plus entendre parler de ça, tu m'entends ?

- Alors moi, je ne peux pas t'aider. Réfléchis bien.

N'y tenant plus, Jack se leva d'un bond et arracha le combiné des mains de Nick, stupéfait.

- Allô, Poerava, c'est moi Jack. Rassure-toi. Tes collègues ne sont pas tous des salauds et ne vont pas te laisser tomber.

Elle sanglotait maintenant au téléphone, brisée par l'émotion.

- Je n'en peux plus, finit-elle par articuler.

- Tiens bon, on arrive !

Il raccrocha. Puis sans un mot, il tourna les talons et sortit en claquant la porte.

Nick était fou de rage. Jack se conduisait comme un vieil imbécile sentimental. Il regrettait leur ancienne complicité et aurait voulu le rappeler pour lui expliquer ce qu'il projetait de faire, mais une certaine fierté l'en empêcha. Il se leva et se versa à boire. Il buvait trop. Il allait machinalement se verser un second verre, lorsque la sonnerie de l'interphone retentit.

- Monsieur Martins, c'est le patron qui demande à vous voir immédiatement.

John Knox était plongé dans la lecture du seul document qu'il avait sous les yeux. Aucun autre papier n'encombrait son bureau. Il ne releva pas la tête quand Nick pénétra dans la pièce et sans même le regarder lui fit signe de s'asseoir.

Pour cacher sa nervosité, Nick Martins admira les tableaux qui ornaient les murs. Il n'avait aucune culture artistique, s'étant fait lui-même, mais savait discerner une œuvre de valeur quand il en voyait une. Et là, elles pullulaient, serrées les unes contres les autres. Un véritable musée d'art moderne. Impressionné, il toussota pour se donner une contenance. Puis son regard fut attiré par la toile d'un peintre australien, William Dobell. La toile représentait un homme de presse, célèbre dans les années quarante, et sa présence dans une rédaction n'avait pas été du goût de tout le monde.

Nick sursauta lorsque John Knox s'adressa enfin à lui.

- Alors, monsieur Martins, vous aimez la peinture ?

Il le fixait maintenant de ses yeux pénétrants. Gêné, Nick ne savait pas trop quoi répondre.

- J'essaie de m'y intéresser, monsieur.

- Je vois.

Sans transition, il lui désigna le document qu'il venait de terminer de lire.

- L'inspecteur Brians vient de me faxer ce document. Savez-vous ce qu'il contient ?

Nick secoua la tête.

- Les photos d'un pendentif d'Océanie, un tiki paraît-il, ainsi que le numéro de téléphone du journal. Ce n'est pas tout.

John Knox fit une pause puis reprit d'une voix cassante.

- L'inspecteur principal a eu l'amabilité de m'informer de ses intentions. Bien que l'instruction n'ait pas encore commencé, il ne croit pas au suicide de la brancardière. Il va donc mener une enquête dans nos locaux. Il m'a aussi prévenu que quelqu'un de chez nous avait des informations importantes concernant mademoiselle Morton.

Nick retint sa respiration. Il sentait des gouttes de sueur perler sur son front.

- Je suis mécontent de vous Nick Martins, continua John Knox.

Ses pupilles se rétrécirent comme celles d'un fauve qui allait attaquer. Calmement, il tira sur son cigare et ajouta.

- Très mécontent, au point d'envisager de vous retirer ma confiance.

Nick était maintenant trempé de sueur. Il sentait le piège se refermer sur lui. D'un côté, l'inspecteur voulait le forcer à collaborer par tous les moyens; de l'autre, son patron ne lui donnait aucune marge de manœuvre.

- Monsieur, des erreurs ont été commises à mon insu. Un jeune stagiaire ...

- Qu'attendez-vous pour le virer ? l'interrompit le magnat.

Nick n'hésita pas une seconde.

- Ce sera fait immédiatement, répondit-il.

- Bon et ensuite que proposez-vous ? Il est hors de question de laisser la police mettre son nez dans nos affaires.

- J'ai mon idée.

- Je vous écoute, fit John Knox glacial.

- Eh bien ... J'ai en ma possession la cassette du répondeur de Poerava Morton, mentit Nick.

- Je ne vois pas le rapport.

- Si nous pouvons déchiffrer son message, alors...

- Ecoutez, Nick Martins, je vous donne une semaine pour contrecarrer définitivement les attaques de ce petit inspecteur. Passé ce délai, je serai contraint de me trouver un rédacteur en chef plus performant. C'est clair?

- C'est très clair, monsieur.

De retour dans son bureau, Nick Martins laissa libre cours à sa mauvaise humeur. Le patron devenait caractériel, Poerava était sous le choc de l'accident et refusait de l'aider. Quant à Jack, il se changeait en vieux sentimental ! Le journal tout entier n'était plus le même. On frisait la paranoïa collective.

Nick prit sa tasse et sortit dans le couloir se faire un café. Il allait sans doute devoir rester travailler tard ce soir et son week-end était déjà fortement compromis. Un café bien tassé lui ferait du bien.

En marchant dans le couloir, il repensa à l'ultimatum que lui avait posé John Knox. C'était la première fois qu'il agissait de la sorte. Depuis des mois, le magnat lui avait accordé sa confiance et il se rappelait que la veille, il lui avait donné carte blanche. Le contraste entre son attitude passée et celle d'aujourd'hui le déroutait complètement.

Il soupçonnait Arthur Brians d'être en partie responsable de ce changement. L'inspecteur voulait forcer Nick à entrer dans son jeu. C'était évident. Mais il se demandait pourquoi John Knox réagissait si violemment à l'égard de la police. Etait-ce la perspective d'une enquête en bonne et due forme au journal qui l'inquiétait à ce point? Ou avait-il eu connaissance d'éléments que lui, Nick Martins, n'avait pas ? Il se renfrogna à cette pensée. Il savait qu'il avait beaucoup d'ennemis au journal et que certains s'ingéniaient à le discréditer.

Une secrétaire vint à sa rencontre, l'air désolé.

- La machine à café ne fonctionne pas bien ce matin, lui expliqua-t-elle. J'ai appelé le technicien, il arrive d'un instant à l'autre. Si vous ne pouvez attendre, je vous amènerai votre café dans votre bureau.

- C'est très gentil, mais ne vous inquiétez pas pour moi. Je vais utiliser celle de la salle de conférence.

- Non, non ! Ce n'est pas possible. Monsieur Knox a demandé de ne pas s'en servir, le prévint-elle soudain alarmée.

- C'est à voir, maugréa-t-il en s'éloignant.

La salle de conférence n'était pas très loin. Elle jouxtait le bureau de John Knox, qui était probablement parti. Nick n'en avait cure de toute façon.

Des bruits de voix l'arrêtèrent. Il regarda sa montre. Il

était dix-sept heures. À cette heure-là un samedi, la salle était d'habitude vide. Il hésita puis s'approcha un peu plus. Il reconnut la voix de John Knox. Celle d'une femme, haut perchée et avec un fort accent étranger lui répondait. Un bruit de pas le fit se retourner. Jack Thompson arrivait du fond du couloir, feuilletant un dossier. Son instinct lui souffla de ne pas se montrer. En un éclair, il ouvrit une porte et pénétra dans un bureau. Jack passa sans le voir.

Un peu honteux mais dévoré de curiosité, Nick ressortit et s'approcha de la salle de conférence. Il n'y avait personne dans le couloir. Il se pencha et ce qu'il vit par l'entrebâillement de la porte le cloua au sol de surprise. John Knox était agenouillé aux pieds d'une femme en manteau de fourrure.

- Que faut-il faire de plus pour vous émouvoir ?
- Faire ce que je vous demande, très cher.
- Et après serez-vous mienne ?

La femme ne répondit pas tout de suite.

- Répondez ! Serez-vous enfin mienne ?

Il lui saisit les mains et les serra convulsivement. Après une légère hésitation, elle fit oui de la tête.

- Je veux une preuve, Luciana !
- John, n'auriez-vous pas confiance ?
- Je veux une preuve, répéta-t-il obstiné.

Elle soupira et ouvrit son sac.

- Voici la clé de ma suite à l'Intercontinental. Venez m'y retrouver avec le document.

Gêné par ce qu'il venait de surprendre, Nick battit en retraite et retourna dans son bureau. Décidément, plus rien ne tournait rond au *Sydney Post*. Il décrocha son téléphone et appela le jeune stagiaire.

- Richard, j'ai de mauvaises nouvelles pour vous.
- Je suis viré, c'est ça ?
- C'est tout à fait ça, désolé.

Silence. Puis la voix du jeune Hughes résonna étrangement aux oreilles de Nick.

- Dommage car j'ai récupéré la cassette.

CHAPITRE 9

Un jeune steward au large sourire accueillit Paul Dorval à l'entrée du Boeing 767 d'Air New Zealand à destination de Sydney. Paul était dans les derniers passagers à embarquer. Il tendit sa carte d'embarquement au jeune homme et le suivit jusqu' à la classe affaires. Avec satisfaction, il constata qu'elle était presque vide et qu'il n'avait pas de voisin. Il enleva son manteau qu'il donna au steward, rangea son attaché-case dans le coffre à bagages à main qui se trouvait à côté de lui et s'installa près du hublot.

La nuit était à présent tombée, il pleuvait à verse. Les lumières de l'aéroport tremblotaient dans la demi-obscurité. Paul se pencha et observa un court instant le ballet incessant des voitures de service autour de l'avion. Puis il se cala dans son fauteuil. L'hôtesse passa et lui proposa un verre de champagne avant le décollage ainsi que le menu du repas qui allait lui être servi à bord. Il accepta distraitement. Il pensait à la difficile mission qu'il devait accomplir et pour laquelle il se préparait depuis si longtemps. Ses fidèles compagnons avaient tous été avertis et se tenaient prêts. Restaient à convaincre les membres actifs de la Fondation Smith. Il avait compris que les vibrations très fortes qu'il avait ressenties ces derniers jours annonçaient sa rencontre avec un être d'exception. Mais d'abord il devait songer à son investiture. Sa désignation officielle à la tête de la Fondation l'avait d'abord surpris, puis tout naturellement lui était apparue comme un signe du ciel. Il y pensait jour et nuit. La cérémonie allait se dérouler en Australie durant son séjour et il savait qu'il allait y accomplir son destin.

Il serra un peu plus fort la petite serviette en cuir souple qu'il avait gardée sur ses genoux. Il y rangeait précieusement les papiers officiels de sa nomination ainsi que plusieurs codes secrets. Il y avait aussi glissé quelques papiers personnels dont il ne se séparait jamais : une vieille photographie de sa mère, des coupures de journaux et son carnet d'adresses.

La voix de l'hôtesse le tira de ses réflexions. L'avion allait décoller et il n'avait pas attaché sa ceinture. Dans trois heures, il serait à Sydney.

De sa chambre d'hôtel, Paul Dorval jouissait d'une vue imprenable sur le Jardin Botanique et la baie de Sydney. La sérénité du lieu, sa beauté stupéfiante, lui en imposaient et il devait s'avouer qu'il se sentait bluffé par l'organisation minutieuse de son séjour. La limousine à l'aéroport, la vaste suite réservée à l'hôtel Intercontinental et le magnum de champagne de bienvenue lui prouvaient que la Fondation le tenait en haute estime. C'était plus qu'il n'avait espéré.

Décidé à en profiter, Paul commanda un bon repas. Puis, les cheveux encore mouillés par la douche qu'il venait de prendre, il se planta devant la fenêtre, les rideaux grands ouverts. Il ne se lassait pas d'admirer l'immense masse sombre de verdure qui s'étalait à ses pieds et d'où jaillissait l'opéra, navire énigmatique aux voiles déployées. Il était fasciné.

Lorsqu'il eut terminé son repas, il regarda l'heure. Il était déjà neuf heures du soir et il n'avait pas encore appelé Jim. Il se leva et décrocha le téléphone.

- Jim Simmons, fit une voix enrouée.

- Allô, c'est Paul Dorval. Désolé si je te dérange.

- Pas du tout ! Salut, vieux. Comment va ?

- Très bien. On ne peut mieux. Et toi ?

- Moi, c'est plus compliqué. Je te raconterai.

Paul crut discerner dans la voix de son ami une tension inhabituelle.

- Rien de grave ? lui demanda-t-il un peu inquiet.

- Non, non. Je suis OK, donne-moi tes coordonnées.

- Je suis à l'Intercontinental, chambre 1221.

A l'autre bout du fil, Jim siffla d'admiration.

- Tu es monté en grade, ma parole !

Paul ne put ne retenir un sourire de vanité.

- Que penses-tu si on se voyait après-demain à midi trente au bar du Regent Hotel ? J'ai des projets pour toi.

En raccrochant, Paul eut un doute. Et si Jim refusait son offre. Jusque-là, tout avait marché suivant ses plans. Rien ne semblait arrêter son irrésistible ascension et ceux qui l'entouraient l'avaient toujours suivi.

Jim Simmons n'appartenait pas à leur cercle d'intimes, mais il en était malgré tout un rouage essentiel. Sans lui, tout se compliquerait. Il avait semblé intéressé à plusieurs reprises et une ou deux de ses collègues encore plus. Paul Dorval allait avoir besoin de toute sa force de persuasion pour l'entraîner dans son sillage. Il se dirigea vers le lit et se dévêtit. Nu, il s'allongea, bras et jambes écartés, dans l'attente d'une vibration mais sombra aussitôt dans un profond sommeil.

CHAPITRE 10

En reposant le combiné du téléphone sur sa table de chevet, Jim regarda Joy allongée à ses côtés. Depuis leur rencontre à la bibliothèque de l'université, ils ne s'étaient pas quittés. Trois jours durant lesquels la jeune femme l'avait entraîné dans un tourbillon de sorties. Lorsqu'il avait appris l'accident de Poerava, il s'était senti horriblement mal dans sa peau. Il avait cherché à s'échapper par tous les moyens, mais n'y avait pas réussi. Alors lorsqu'en début d'après-midi, Joy avait annoncé qu'elle partait faire des courses au supermarché, il en avait profité pour se précipiter à l'hôpital. Il avait dû mentir à Poerava ainsi qu'à Joy et n'était pas très fier de lui.

Les yeux interrogateurs de la jeune femme le troublèrent comme chaque fois qu'elle posait sur lui ses immenses yeux bleus. Ses cheveux blonds ondoyaient sur ses épaules nues et sa peau prenait des reflets dorés à la lueur de la lampe.

- Qui est-ce ? lui demanda-t-elle d'un air boudeur.
- C'est un ami qui vient d'arriver à Sydney et nous travaillons plus ou moins ensemble.
- Un chercheur ?
- Oui. Il est de l'Université d'Auckland et tu le connais un peu, se souvint-il.
- Comment s'appelle-t-il ?
- Paul Dorval.

- Je me rappelle bien de lui. Il a fait une communication très remarquée l'an dernier.

- C'est un esprit brillant bien que, parfois, un peu superficiel.

- Comment peux-tu être si dur ?

Jim haussa les épaules.

- Mon amitié pour lui ne m'empêche pas de voir ses défauts.

Joy gloussa.

- Tout le monde a des défauts !

- Peut-être. Mais pas les siens.

Elle avait à présent le drap remonté jusqu'au menton et était pelotonnée contre la tête de lit.

- Et c'est quoi, les siens ?

- L'ambition et l'orgueil.

Un silence gêné s'installa entre eux. Puis, Jim reprit.

- Mais j'aime ses idées et son enthousiasme. C'est pourquoi, je suis heureux de l'accueillir.

- Jim, murmura Joy, j'aimerais encore rester jusqu'au petit matin pour qu'on puisse partir demain à l'université ensemble.

Elle se redressa sur un coude. La lampe éclairait faiblement ses formes graciles. Son visage était resté dans l'ombre et il ne vit pas sa lèvre inférieure trembler.

- Il faut que je te dise. Il y a quelques jours, l'une de tes étudiantes m'a appelée chez moi. Elle m'a dit qu'elle cherchait à te parler, mais que tu faisais tout pour l'éviter.

Jim fronça les sourcils.

- C'est quoi, cette histoire ?

- Elle m'a supplié de l'aider puis ...

- Puis ?

- Elle m'a menacée.

- Foutaise ! Tu ne vas quand même pas te laisser impressionner par ce genre de coup de fil.

- Je crois que c'est sérieux, Jim.

En disant cela, elle se leva et enfila son peignoir qui était au pied du lit, prit une barrette de sa poche et attacha ses cheveux.

- Elle m'a paru si étrange, continua-t-elle en se laissant tomber dans l'un des deux fauteuils de la chambre.

- Elle t'a dit son nom ? demanda Jim agacé.

Il venait de penser à Sheila Parkinson.

- Oui. Parkinson.

- J'en étais sûr. Elle n'arrête pas de me harceler et a pour le moins un comportement bizarre.

- Mais pourquoi ?

- Si seulement je le savais. Allez viens !

Joy se leva et vint s'asseoir sur le bord du lit près de Jim.

- Que vas-tu faire ?

- Ne t'inquiète pas. Dès demain matin, j'irai voir le doyen que je connais bien et nous aviserons.

- Et ses menaces ?

- Tu les oublies.

À présent, il caressait son visage et songeait à d'autres jeux. Joy restait lointaine, absorbée dans ses pensées. Elle ne fit pas un mouvement lorsqu'il ouvrit son peignoir.

- Promets-moi de m'accompagner dans ma classe demain, dit-elle en fermant les yeux.

La sonnerie du réveil tira Jim brutalement de son sommeil. À tâtons, il alluma sa lampe de chevet et constata qu'il était sept heures trente du matin. Il réveilla Joy d'un baiser dans les cheveux et bondit dans la salle de bains.

Lorsque, quelques minutes plus tard, il descendit dans la cuisine, la jeune femme préparait déjà le petit déjeuner.

- Tu sais, il va falloir te dépêcher, lui dit-il en riant. Kirribilli n'est pas aussi pratique que ton petit appartement à côté de l'université.

- Conclusion professeur : la prochaine fois, nous resterons chez moi.

- À quelle heure as-tu cours ? demanda-t-il en s'asseyant.

- À neuf heures, comme toi je suppose.

Jim aurait voulu passer à son bureau avant son cours pour téléphoner à Poerava. Mais il avait promis un peu légèrement à Joy de l'accompagner jusqu'à sa classe et de nouveau il se sentait pris au piège. Il soupira. En levant les yeux, il vit le visage de Joy tout contre le sien qui l'observait.

- Qu'as-tu ? fit-il étonné.

- Rien.

- Alors, dépêche-toi. Nous allons être en retard.

Une demi-heure plus tard, Joy dévalait les escaliers, prête à partir.

- Je suis désolée, Jim. J'ai oublié mon cartable chez moi. Il va falloir qu'on s'arrête à mon appartement.

Jim vit là le prétexte qu'il cherchait pour ne pas l'accompagner.

- Alors dans ce cas, on se retrouve dans la salle des profs.

- Il n'en est pas question ! rétorqua sèchement Joy.

Le ton surprit Jim, mais il ne le montra pas.

- Tu es certaine que tu as besoin de moi ?

- Certaine, roucoula la jeune femme en le prenant par le bras.

Dehors, le vent tourbillonnait dans l'air chaud annonçant un orage tropical. Ils pressèrent le pas, le débarcadère n'était qu'à cinq cents mètres. Durant toute la traversée, Jim resta songeur et ils n'échangèrent pas une parole. Arrivés à Circular Quay, ils s'engouffrèrent dans le métro. De là, ils se rendirent directement à l'appartement de la jeune femme, situé à deux pas de l'université, dans l'un de ces vieux immeubles sans ascenseur qu'affectionnent tout particulièrement professeurs et étudiants.

Jim Simmons était contrarié. Il ne comprenait pas l'entêtement de Joy. Il la regarda à la dérobée et lui trouva un air dur qu'il ne lui connaissait pas. Puis il eut honte de ses pensées. Au moment où ils arrivaient à son étage, il eut envie de l'embrasser. Mais la jeune femme s'écarta brusquement de lui et poussa un cri.

- Regarde !

La porte d'entrée de son appartement était entrouverte, la serrure fracturée.

- Je m'en doutais, sanglota-t-elle.

Jim la prit fermement par la main et poussa la porte. Le désordre était indescriptible. Tous les rayonnages qui couvraient les murs avaient été renversés et le canapé éventré. Des livres et des bris de bibelot jonchaient le sol. Joy se précipita dans la chambre. Elle était intacte. Le cœur battant, elle se dirigea vers son petit secrétaire anglais qui lui servait de bureau. Elle l'ouvrit et constata avec étonnement que la clé du tiroir était restée en évidence.

N'osant comprendre, elle la prit et fit jouer la serrure. Le tiroir était vide.

Au même instant, Jim entrait dans la chambre.

- Peux-tu faire l'inventaire de ce qui a été volé ?

Il s'arrêta, surpris.

- Joy, ça va ? Tu es toute pâle.

- Oui je t'assure, ça va. On n'a rien volé ici, mentit-elle.

- Ils ont dû être dérangés, car apparemment ils n'ont rien touché dans cette pièce. Je vais appeler la police.

- Non ! cria-t-elle, puis dans un souffle, non je t'en prie.

Jim hésita. Il était de plus en plus dérouté.

- De quoi as-tu peur, au juste ?

- Je ne sais pas, mentit-elle de nouveau.

- Voyons, sois raisonnable. Ne te laisse pas impressionner par une étudiante hystérique qui fait souffler un vent de psychose sur l'université ! C'est sûrement une malheureuse coïncidence.

Il faisait à présent les cent pas dans la chambre, agacé du silence obstiné de la jeune femme. Il ne comprenait pas sa réaction et se crut obligé d'ajouter :

- Je te promets, je vais rencontrer cette Sheila Parkinson et tirer l'affaire au clair.

- Merci, Jim. Laisse-moi maintenant.

- Je vais aussi prévenir l'université que tu ne pourras pas assurer ton cours aujourd'hui.

Joy lui sourit à travers ses larmes, puis tout habillée s'allongea sur le lit.

CHAPITRE 11

Il était neuf heures lorsque Paul Dorval ouvrit les yeux. Il s'étira paresseusement, puis se dressa sur son séant, cherchant des yeux son pyjama. Son premier rendez-vous n'était qu'à onze heures trente.

Il avait largement le temps de passer quelques coups de fil et de flâner dans le centre-ville. Il se fit monter un café noir et se cala confortablement dans son lit. Son premier appel fut pour Tony Smith, président de la Fondation du même nom. Ensuite il appela une jeune collègue de Jim qu'il avait beaucoup appréciée lors d'un de ses voyages et avec laquelle il était en relation constante depuis un an. Au moment où il allait raccrocher, une voix féminine lui répondit.

- C'est Paul Dorval.

- J'attendais votre appel. Jim m'avait prévenu de votre arrivée.

- Parfait. Avez-vous le document qui m'intéresse. Un soupir lui répondit.

- Allô, Joy ?

- Oui, je suis toujours là, mais je n'ai pas le document. Il y a eu un petit contretemps.

- Quel genre de contretemps ?

- On me l'a volé.

- Ce n'est pas possible ! Qui était au courant ?

- Personne sauf, bien sûr, l'étudiant qui m'a aidé à le trouver.

- Joy, comme vous savez cette gravure océanienne est pour nous d'un intérêt capital. Je l'ai promis au président de la Fondation Smith dont vous faites partie, je vous le rappelle. Il me le faut absolument. Débrouillez-vous.

Il raccrocha, rageur. Cette petite idiote allait tout gâcher. Un instant, il pensa qu'il avait eu tort de lui faire confiance. Puis, il se rappela qu'elle s'était entichée de Jim et qu'elle allait lui être très utile. Rassuré, il s'habilla et sortit.

En arrivant dans le hall de l'hôtel, quelqu'un l'interpella. Paul se retourna, croyant à une méprise. Mais c'était bien à lui qu'on s'adressait.

- *Caro moi* Paolo ! cria une femme en se dirigeant vers lui.

C'est alors qu'il la reconnut. C'était une vieille amie de sa mère, richissime, qui inlassablement sillonnait la planète et qu'il connaissait depuis toujours.

Avant qu'il n'ait pu faire le moindre geste, elle se jeta sur lui, l'emprisonnant dans ses bras potelés et le couvrit de baisers.

- Mon cher petit, que fais-tu ici ? Quelle joie de te revoir.

- Bonjour, contessa Luciana, lui répondit-il en s'inclinant et en baisant la main qu'elle lui tendait. Vous m'excuserez, mais je suis de passage...

- Pour affaires, je suppose, l'interrompit-elle. Allez, viens boire un doigt de champagne avec moi et raconte-moi tout.

Sans attendre de réponse, elle l'entraîna vers le bar de l'hôtel.

- Tu vois, Paolo, fit-elle d'un geste de la main tout en s'asseyant, je connais chaque serveur, chaque recoin. Cela fait vingt ans que je viens chaque année à l'Intercontinental et je ne m'en lasse toujours pas.

Elle se rejeta en arrière, faisant jaillir son immense poitrine secouée de soubresauts chaque fois qu'elle parlait puis ajouta en roulant les r.

- J'ADOR-RE cet hôtel.

À cet instant, un serveur apporta deux flûtes à champagne et une bouteille de Dom Pérignon. Elle se redressa et dit à Paul les yeux brillants.

- Tu dînes avec moi ce soir.

- Mais ...

- Pas de mais, Paolo ! Il y aura des gens riches, très riches à ma table et de jolies femmes. Je suis ta marraine, rappelle-toi, et j'ai promis à ta chère maman de te trouver une épouse.

Je tiendrai ma promesse.

Paul soupira. Toujours la même lubie de vouloir le marier. Il essaya de trouver une excuse.

- Je dois peut-être dîner ce soir avec le président de la Fondation Smith.

- Alors je l'invite ! Je connais bien Tony Smith. C'est un homme très influent, mais qui ne peut rien me refuser. Et puis j'ai bien connu son père autrefois.

Elle lui fit un clin d'œil et se pencha vers lui.

- Après le dîner, je te demanderai une petite faveur.

- Laquelle ? demanda Paul soudain tendu.

- Toujours la même, *caro mio.*

Elle lui prit les mains et les caressa.

- Venir me masser comme je t'ai appris quand tu étais petit.

Paul pâlit et essaya de se dégager.

- Mais voyons, contessa, c'est du passé !

- Ah oui ! Et la petite rente que je t'envoie régulièrement en souvenir de ta mère. Ce n'est pas du passé, n'est-ce pas?

Il ne répondit pas. Il était accablé. Cela faisait des années qu'il ne l'avait revue, sept ans peut-être, et il s'était imaginé qu'elle l'avait oublié. Comme si elle avait lu dans ses pensées, elle murmura d'une voix sourde.

- T'oublier, Paolo mio ! Un garçon si beau, si doué ! C'est impossible. Et puis tu as des devoirs envers moi.

Paul réprima un haut-le-corps. Des souvenirs anciens lui revenaient en mémoire. Des images de sa mère adorée et de la contessa. Des images qu'il aurait voulu chasser à tout prix et qui le meurtrissaient. Il ferma les yeux, la tête lui tournait à présent.

- Tu as oublié ? continua-t-elle.

- Non, fit-il d'une voix rauque.

Et, plantant son regard dans le sien, il vida d'un trait son verre.

- Comptez sur moi, contessa Luciana.

CHAPITRE 12

En quittant l'appartement de Joy, Jim Simmons alla directement dans sa   classe prévenir ses étudiants qu'il serait en retard. Puis, il se hâta vers son bureau où il s'enferma à double tour et composa le numéro de téléphone de l'hôpital. Sans surprise, il constata que le standard était occupé. Comme à chaque fois qu'il n'avait pas Poerava au bout du fil, il raccrocha vivement : « Merde et merde ! » maugréa-t-il, furieux contre lui-même. Il aurait pu l'appeler sur son portable mais il prit le parti de n'en rien faire, prétextant qu'il serait éteint. Au fond de lui-même, il se sentait trop contrarié pour lui parler ou lui laisser un message cohérent. Personne ne devait   deviner son désarroi.

Jim ressortit et se dirigea vers la salle des professeurs. Il était neuf heures quinze et la pièce était vide lorsqu'il y entra. Il aperçut de loin une pile de papiers dans son casier et alla vérifier son courrier. Parmi un fatras de copies à corriger, de notes administratives sans grand intérêt, il trouva un mot qui attira son attention. ' *Venez me voir dans mon bureau dès votre cours terminé. J. A. Barnett.*'

Barnett, Professeur d'histoire ancienne, était le nouveau doyen de la Faculté des Lettres. Fin érudit et passionné de voyages, il tenait Jim en grande estime et participait à tous ses colloques. Parlant   plusieurs langues, il avait multiplié les échanges internationaux et invitait régulièrement de nombreux professeurs étrangers à faire des conférences ou participer à des séminaires. Paul Dorval était de ceux-là.

Jim se demanda si Barnett était déjà au courant des agissements de Sheila Parkinson et s'il devait lui parler du cambriolage chez Joy. Le nouveau doyen avait horreur du désordre et s'était attaché, depuis qu'il était en fonction, à donner de Sydney University une image 'politically correct'.

En pénétrant dans sa classe, Jim remarqua tout de suite que Sheila était absente.

- L'un d'entre vous sait-il quelque chose à propos de Sheila Parkinson? demanda-t-il en s'installant derrière son pupitre.

- Je crois qu'elle est malade, fit une petite voix.

Jim fronça des sourcils.

- Malade ! Qu'est-ce qui vous fait croire ça, Nora ?

- Elle a refusé de me voir pendant tout le week-end, prétextant des maux de tête inexpliqués.

Quelques rires fusèrent arrêtés par l'air grave de Jim.

- Peut-être avait-elle d'autres rendez-vous ?

- Elle avait sûrement mieux à faire, ricana un garçon.

L'hilarité était maintenant générale.

- Silence ! tonna Jim.

Dans un silence complet, Jim Simmons ouvrit sa serviette et commença son cours.

Une fois le cours terminé, Jim fit signe à Tony Nolan et Pamela McLeod de rester.

- J'ai à vous parler, leur dit-il sans plus d'explications.

Les deux étudiants ramassèrent leurs livres et s'approchèrent sans un mot. L'inquiétude se lisait sur leur visage.

- Maintenant cela suffit, dites-moi pourquoi vous avez refusé de faire votre exposé avec Sheila. Et puis que signifie son absence aujourd'hui ?

Ils échangèrent un bref regard puis, intimidés, baissèrent la tête.

- Que se passe-t-il, enfin ? dit Jim perdant patience.

- Peut-on vous parler sous le sceau du secret, professeur? demanda Pamela McLeod très doucement.

Jim hocha la tête et pensa en lui-même qu'il se prêtait sottement à des enfantillages mais changea d'avis en la regardant plus attentivement. Pamela, d'ordinaire enjouée, avait les joues creusées par la fatigue et le regard éteint. Les épaules rentrées, elle serrait contre elle un sac à dos usé et semblait accablée d'un fardeau trop lourd pour elle. En parlant, elle évitait de regarder son camarade de classe qui, les yeux toujours baissés, ne bougeait pas.

- Sheila avait choisi elle-même le sujet de l'exposé et avait insisté pour que nous l'aidions, commença la jeune fille d'une voix timide. Le père de Tony qui possède une galerie d'art à Paddington semblait beaucoup l'intéresser. Elle posait sans cesse des questions à son sujet.

Pamela s'arrêta, hésitant à poursuivre.

- Continuez ! fit Jim, de plus en plus intrigué.

- Au début, nous nous réunissions à la bibliothèque. Puis elle a commencé à nous parler d'une société secrète qui pourrait nous aider.

La surprise le pétrifia.

- Une société secrète à l'université !

- Nous n'y sommes pour rien, professeur, je vous le jure! s'écria Pamela, prenant soudain peur.

- Et qui organisait les réunions ?

Aucun des deux étudiants ne voulut répondre. Ils restèrent murés dans un silence buté.

- Si vous ne parlez pas, je vais être obligé de rapporter l'attitude de Sheila au conseil de discipline.

Il fit une pause.

- Vous savez ce que cela signifie ? Un blâme. Peut-être même le renvoi car elle est boursière. Sachez encore que j'ai rendez-vous avec le doyen dans cinq minutes.

Pamela McLeod lança un coup d'œil apeuré à Jim puis lâcha d'un trait.

- C'est un ancien étudiant de deuxième année qui a été renvoyé l'an dernier.

- Ken Dowry ?

- Oui, c'est lui.

Jim s'assombrit. Il se rappelait cet étudiant. Un mauvais sujet qui avait entraîné plusieurs brillants étudiants dans la drogue. Le scandale à l'université avait été affreux et n'avait été étouffé qu'à grand- peine.

Voilà qu'il revenait et qu'il s'en prenait à ses étudiants.

Il fut frappé d'une évidence.

- C'est vous le cambriolage chez Joy Hoggings, n'est-ce pas ? Pourquoi?

Pamela ne fut même pas même étonnée de la question. Elle paraissait soulagée de parler.

- Ken nous avait demandé de retrouver un document très précieux que Joy Hoggins refusait de nous rendre.

- Refusait de vous rendre ?

- Oui. Nous lui avions demandé de nous aider à l'identifier et...

- Continuez ! ordonna Jim.

- Elle avait accepté avec enthousiasme, organisant chez elle quelques réunions.

Jim eut comme un étourdissement. Se pouvait-il que Joy fût mêlée à tout ça ? Se pouvait-il qu'elle ait organisé sciemment leur rencontre ? Il avait du mal à le croire et pourtant...

Il se reprit.

- J'en sais assez pour aujourd'hui. Surtout n'en parlez à personne et cessez immédiatement vos réunions.

Jim donna congé à ses deux étudiants et sortit.

Il était maintenant dix heures vingt. Le doyen devait s'impatienter. Son bureau était près de la bibliothèque, dans l'un des édifices néo-gothiques qui constituait le *Main Quadrangle*[6], fierté de l'université depuis 1855. Autant dire une éternité pour l'Australie.

Jim emprunta une allée transversale et obliqua sur la droite en direction du bâtiment administratif. De rares silhouettes se hâtaient vers les salles de travaux dirigés et amphithéâtres avoisinants. Il traversa l'esplanade, longea la bibliothèque, puis pénétra dans le hall de l'édifice : un espace aux dimensions impressionnantes, éclairé par de hautes baies vitrées.

« Ah, vous voilà enfin ! » furent les premiers mots du doyen en l'accueillant. « Je n'ai que très peu de temps à vous consacrer. Entrez. » Joufflu, le teint rubicond, John A. Barnett ressemblait davantage à un fermier du *bush* qu'à un éminent universitaire. L'apparence était trompeuse, car

---

[6] *référence à l'architecture des anciennes universités anglaises construites autour d'une place centrale où se concentraient les bâtiments administratifs*

c'était l'une des sommités de l'université. Des piles de livres encombraient son bureau et il était l'auteur de plusieurs ouvrages qu'il avait la coquetterie de dissimuler à demi aux yeux de ses visiteurs sans toutefois les leur cacher complètement.

Avec satisfaction, Barnett remarqua le regard de Jim posé sur son bureau où un livre était placé en évidence *Les Peuples d'Océanie*.

- Ma dernière parution !

Le doyen acquiesça, un léger sourire flottant sur ses lèvres.

- Je vous ai fait venir pour en discuter. Cela vous surprend, on dirait ?

- Oui, un peu. Je l'avoue.

- J'en suis ravi ! Un whisky ?

Sans plus attendre, il se servit et lui tendit un verre.

- Après ça, nous y verrons plus clair.

CHAPITRE 13

Paul Dorval s'arrêta un instant sur le seuil du salon privé qu'avait réservé la contessa Luciana di Tosco pour son dîner à l'hôtel Intercontinental. Une vingtaine de personnes se pressaient déjà auprès d'un buffet dressé au fond de la salle. Quatre tables rondes abondamment fleuries en occupaient le centre. Il allait entrer lorsqu'il fut arrêté par un maître d'hôtel.

- Votre carton d'invitation s'il vous plaît, monsieur.

Paul le lui tendit. *'Smoking de rigueur'* disait le petit carton rose moiré aux armes de la contessa. Le maître d'hôtel lui jeta un regard de connaisseur. Smoking en alpaga de chez Dior. Écharpe en soie blanche. Cheveux châtains rejetés en arrière dégageant un visage aux traits fins et réguliers. Beaucoup de classe. D'un geste cérémonieux, il lui indiqua la contessa di Toso qui, légèrement en retrait, accueillait ses invités.

- Entrez, je vous prie et bonne soirée.

En pénétrant dans le salon, Paul fut frappé par la richesse de la décoration et la lourdeur des tentures. De nombreux miroirs vénitiens ornaient les murs et reflétaient la lumière des lustres et le chatoiement des parures. Il s'approcha de la contessa. Elle portait une robe longue, ample, de couleur vert amande, qui dissimulait avantageusement ses formes. Un collier d'émeraudes étincelait à son cou et faisait ressortir la blancheur de sa peau. De lourds pendentifs assortis au collier pendaient à ses oreilles.

- Vous êtes très en beauté ce soir, contessa, lui dit-il presque sincère en la saluant.

- Petit flatteur ! Viens que je te présente.

Elle l'entraîna d'une main ferme en direction du buffet, se frayant un passage au milieu des invités qui se pressaient pour lui parler. « Ceux-là ne sont pas importants » lui chuchota-t-elle à l'oreille, « que des pique-assiettes de luxe ! »

Devant le buffet, un homme de forte corpulence était en conversation animée avec un groupe de personnes qui l'écoutait attentivement. Il lui tournait le dos. « Voilà l'homme que je cherche! » s'écria-t-elle en lui tapotant gentiment l'épaule. Il se retourna et son visage s'éclaira aussitôt. « Ma très chère amie » dit-il en lui prenant les deux mains qu'il baisa avec dévotion. La contessa lui souffla quelques mots à l'oreille. Puis d'une voix forte, afin d'être entendue de tous, elle s'adressa à ses invités.

- Inutile de présenter John Knox qui est un grand magnat de la presse, bien connu ici, et qui me fait le plaisir insigne d'être depuis vingt ans l'un de mes plus fidèles amis.

Elle parlait lentement, d'une manière théâtrale qui accentuait encore son fort accent italien. Un murmure d'admiration monta de l'assistance. Tous avaient maintenant les yeux fixés sur le couple prestigieux que formaient la contessa et le magnat de la presse. Mais le murmure élogieux se transforma en une véritable ovation lorsqu'elle ajouta.

- Le dîner de ce soir est donné en son honneur.

Les invités applaudirent frénétiquement. Radieuse, la contessa se tourna alors vers Paul et le prit par le bras. D'un geste elle fit taire l'assistance.

- J'aimerais vous présenter Paul Dorval, un ami très cher qui partage nos goûts et objectifs.

Puis elle ajouta plus bas à l'intention du magnat.

- C'est mon poulain.

John Knox regarda Paul avec intérêt et ne manqua pas de remarquer que la contessa le serrait de très près, de trop près « son amant, sans nul doute » pensa-t-il. Il dut admettre à contrecœur qu'il était très bel homme. Grand, brun, mince, le port altier. Tout ce qu'il n'était pas.

Il soupira et prit une autre coupe de champagne. Il connaissait les penchants de la contessa pour les hommes jeunes et beaux. Il salua en passant Tony Smith qui venait d'arriver et se demanda si lui aussi avait été son amant. Un peu plus vieux que Paul Dorval, il était grand et mince. Les traits singuliers mais expressifs.

Il se rappela que la nomination de Tony Smith à la tête de la Fondation n'avait pas fait l'unanimité. Neveu du fondateur, il avait éliminé les autres candidats de justesse et l'intervention de la contessa avait été déterminante.

« C'est mon protégé, il est brillant » lui avait-elle chuchoté alors qu'il la reconduisait à son hôtel. Comme il hésitait, elle s'était abandonnée contre lui, le laissant glisser sa main le long de son cou et de son décolleté. Seule privauté qu'elle lui avait octroyée en vingt ans.

Il l'avait connue alors qu'elle n'avait que trente-six ans. Veuve depuis déjà dix ans, sa beauté et son extravagance attiraient tous les regards. Il était tombé immédiatement amoureux et avait mis son nom et sa fortune à ses pieds. Mais elle l'avait repoussé. Il lui en avait voulu quelque temps, puis les années avaient passé. Bien qu'elle fût toujours en voyage, elle s'arrêtait régulièrement à Sydney pour voir son vieil ami. Lui espérait toujours.

Avant de passer à table, John Knox s'approcha de Paul et l'entraîna à l'écart. Il remarqua que la contessa les observait intensément, le visage grave.

- Monsieur Dorval, peut-être pourrions-nous dès à présent fixer un rendez-vous pour parler affaires ?

- Volontiers.

Le ton de Paul Dorval était détaché avec une pointe d'arrogance. Il ne semblait pas impressionné. La contessa les fixait toujours.

- Disons samedi seize heures ? Je ne suis pas libre avant.

- Cela me convient parfaitement.

- Je vous attends donc au journal.

CHAPITRE 14

La contessa Luciana marchait lentement. Elle était lasse. Ces dîners mondains l'ennuyaient de plus en plus. Heureusement son cher Paolo était là. Arrivée à la porte de sa suite, elle lui tendit la clé et feignit de ne pas remarquer le mouvement de recul qu'il ne put réprimer.

- Entre, *caro mio*[7]!

Sa suite se composait d'un immense salon meublé avec recherche et d'une chambre avec un lit à baldaquins. Veuve après seulement quatre années de mariage, elle avait hérité d'une immense fortune qu'elle s'employait à dilapider.

La seule vraie tendresse qu'elle avait connue c'était avec Paolo, l'enfant unique de son amie Marthe. Quand celle-ci était morte, le jeune garçon s'était réfugié dans ses bras. Elle fit un effort pour se rappeler. Il devait avoir à peine treize ans. Combien de larmes n'avait-elle pas essuyées ! Avait-il oublié ?

Elle lui fit signe d'approcher.

- Aide-moi à me déshabiller. Je suis fatiguée.

Paul redoutait cet instant. La contessa, au corps à présent alourdi par les ans, avait été autrefois très belle. Douce et sensuelle, elle avait bercé son enfance de tendresse et plus tard lui avait appris les jeux subtils de l'amour. Son admiration et son affection pour elle avaient

---

[7] *en italien, mon chéri*

été sincères, profondes. Jusqu'à il y a quelques années ... Il se força à ne plus penser. Il s'avança comme un automate, défit sa fermeture-éclair et l'aida à enlever sa robe. La contessa, maintenant en jupon et corset, lui apparut monstrueuse. Il ferma les yeux pour ne plus la voir, mais les rouvrit aussitôt. Des flots d'images anciennes affluaient, prenant possession de sa mémoire, paralysant sa volonté. Résister au pouvoir du souvenir. Refuser ce jeu atroce. Fuir.

Pourtant quand elle l'appela, il n'hésita pas. Il vint s'agenouiller à ses pieds et posa doucement sa tête sur ses genoux.

- Luci, murmura-t-il.

- N'aie pas peur, *caro mio*. Personne ne te fera du mal.

Il ferma à nouveau les yeux. Des senteurs, des désirs l'assaillaient. L'image de la contessa se brouilla soudain et Paul retrouva naturellement les gestes d'autrefois.

À deux heures du matin, Paul Dorval quitta la suite de Luciana di Toso et regagna sa chambre. Il était angoissé comme après un mauvais rêve et se sentait profondément humilié. Encore une fois, il était redevenu un jeune adolescent se pliant à ses caprices. Encore une fois il n'avait pas su se libérer de son emprise. Mais le pouvait-il vraiment ?

Dans la salle de bains, il eut un sursaut en voyant son visage dans le miroir. Il avait le teint blafard, les lèvres serrées et les pupilles dilatées. Bon Dieu, quelle tête il avait!

Il prit une douche rapide puis retourna dans sa chambre. Mais au lieu de se coucher, il se dirigea vers son armoire, ouvrit le coffre-fort qui se trouvait à l'intérieur et en retira une petite serviette en cuir souple. Minutieusement, il vida son contenu sur le lit et s'assit.

CHAPITRE 15

Jim n'eut pas à attendre longtemps. Au moment où sa montre affichait midi trente, Paul Dorval entrait dans le bar de l'hôtel.

Lorsqu'il l'aperçut, il se dirigea vers lui, un large sourire aux lèvres. Jim ne fut pas sans remarquer que les femmes de l'assistance le suivaient du regard, admiratives.

- Salut, mon ami !
- Salut, Paul. Content de te revoir.

Il portait une veste en tweed sur un pantalon de toile claire.

- J'ai été surpris par la chaleur, fit-il en remarquant le regard de Jim posé sur sa veste.

- Ça te change d'Auckland ?

- Oui, il y fait toujours plus frais, ajouta-t-il en riant... Que veux-tu boire ?

- Un bourbon.

- Alors deux bourbons, dit Paul en se tournant vers le serveur qui venait prendre leur commande.

Puis il se pencha vers Jim, le visage soudain sérieux.

- Je vais avoir besoin de ton aide - d'un point de vue professionnel, j'entends.

Il fit une pause et examina son ami. Le contraste entre les deux hommes était frappant. Les cheveux blonds en bataille, le jean élimé, l'air rêveur et naïf, Jim restait le type même de l'éternel étudiant. Il buvait tranquillement son bourbon, attentif à ce que Paul allait lui dire. Paul Dorval était tout son contraire.

Élégant, racé, il connaissait l'attraction qu'il exerçait sur les autres. Surtout sur les femmes. Volontaire et ambitieux, il ne pouvait s'empêcher de ressentir un peu de mépris pour son ami.

- Je suis à la recherche d'un document océanien d'une grande valeur pour mes recherches.

Jim tressaillit et redoubla d'attention.

- Il se trouve que cette gravure est unique et date du tout début du XIXème siècle. Elle semble connue de certaines personnes d'ici ou pour être plus précis de ton département.

- À qui en as-tu déjà parlé ? demanda Jim sentant son cœur battre plus fort.

- À personne, mentit Paul. Pourquoi ?

- Parce que je trouve certaines choses bizarres.

- Comme quoi, par exemple ?

- Une étudiante me harcèle et ...

Paul pouffa de rire, soulagé.

- Non, ce n'est pas ce que tu crois. C'est plus grave ! Je viens d'apprendre que des étudiants se réunissent secrètement.

- Bah ! Rien de bien méchant.

Que savait-il au juste, se demandait Paul. Allait-il bêtement alerter tout le campus parce qu'une étudiante perdait la tête? Il se mit à réfléchir.

- Tu devrais voir cette étudiante et régler le problème avec elle. Une fois calmée, elle te fichera la paix.

- Elle a disparu.

- Disparu ? répéta Paul incrédule.

- Oui et j'ai déjà prévenu Barnett, notre doyen.

Paul ricana. Il connaissait bien Barnett et sa peur du scandale. Un coup de fil judicieux et l'affaire serait étouffée.

- Ecoute. À ta place, je laisserais tomber, ce n'est sûrement pas ce que tu imagines. Parle-moi plutôt de tes collègues féminines et de la petite Joy Hoggins.

Jim se figea.

- Tu connais Joy ?

- Oui, un peu. Je l'ai rencontrée l'an dernier et j'ai tout de suite remarqué son tempérament de feu. C'est aussi une fille très intelligente...

- Qui s'intéresse aux langues d'Océanie, termina Jim froidement.

Paul Dorval ne répondit pas tout de suite, mais observa de nouveau son ami. Son visage était maintenant tendu, une ombre de méfiance voilant ses yeux clairs. Paul en conclut que Joy avait dû le contacter et qu'elle lui avait sans doute déjà parlé du document.

Un peu condescendant, il ajouta :

- Je suis sûr que tu n'es pas insensible à son charme ? Moi-même ...

- Tu as été son amant ? demanda Jim agressif.

- Mais non ! Tu sais bien que je n'aime que les brunes.

- Que me voulais-tu exactement ? articula Jim difficilement.

- C'est sans importance. Je m'arrangerai autrement.

Paul s'interrompit. Il venait d'apercevoir la contessa. Elle se tenait à l'entrée du bar et donnait le bras à un homme qui la couvait des yeux. Sans explication, il se leva et sortit précipitamment.

Dehors, Paul Dorval respira à pleins poumons. Lentement il inhala de larges bouffées d'air et sentit sa force revenir peu à peu. Lorsqu'il eut recouvré toute son énergie, il marcha à grandes enjambées en direction du centre-ville. Il voulait au plus vite rentrer à son hôtel et téléphoner à Joy. Il ne fallait plus perdre de temps.

Le moment était maintenant venu de réunir les membres du Petit Cercle. La jeune femme se chargerait de leur passer le message.

La vue de la contessa avait galvanisé Paul et il dut s'avouer à contrecœur qu'elle avait repris toute son emprise sur lui. Exactement comme autrefois, songea-t-il un instant contrarié. Puis il sourit intérieurement en pensant au pouvoir de séduction qu'il exerçait sur elle. Pour la première fois, il l'avait sentie vulnérable et il avait bien l'intention d'en jouer.

Soudain il dut s'appuyer contre un mur et pressa ses deux paumes contre son front en sueur. Une onde vibratoire d'une ampleur inconnue venait de l'envahir à son insu. C'était le même appel que celui qu'il avait ressenti à Auckland avant son départ, mais encore plus impérieux. Sans force, il dut héler un taxi et se faire conduire à l'Intercontinental. Le chauffeur, d'abord narquois, devint très obligeant lorsque Paul lui glissa dans la main un billet de dix dollars en guise de pourboire. Bon prince, il l'escorta jusqu'à sa suite.

Une fois seul, Paul Dorval s'allongea sur le lit et ferma les yeux.

CHAPITRE 16

Lorsque Poerava rouvrit les yeux, le visage du Dr Friar était penché sur elle. Son air soucieux l'alarma aussitôt.

- Quel jour sommes-nous, docteur ?

- Vendredi. Cela fait une semaine que vous avez eu votre accident. La thérapie que vous suivez actuellement semble déclencher chez vous des réactions extrêmement fortes. De plus l'ambiance hospitalière aggrave encore ce processus. J'ai donc pris la décision de vous laisser rentrer chez vous mais à la seule condition - et j'insiste là-dessus - que vous me promettiez de vous reposer sérieusement.

- Je vous le promets, docteur. Pensez-vous que je devrais arrêter la thérapie ?

- Je ne le pense pas, ou tout du moins pas encore. En revanche, il serait plus prudent d'espacer les séances. J'y veillerai personnellement.

- Je vous en suis très reconnaissante.

Poerava se sentait à nouveau rassurée, comme à chaque fois qu'elle était en présence du Dr Friar. Sa douceur, son flegme et son autorité de chef de service calmaient instantanément ses angoisses.

- Ce sera pour moi un soulagement de retourner chez moi, docteur, continua-t-elle. Je dé-tes-te les hôpitaux.

- Je m'en suis aperçu, vous savez, répliqua-t-il en riant.

Puis après un bref silence, il s'assit sur le rebord de son lit et lui prit la main qu'il garda dans la sienne.

- Mademoiselle Morton, pardonnez-moi de vous poser une question d'ordre personnel mais notre différence d'âge m'y autorise... Avez-vous un homme dans votre vie ou à défaut des amis intimes sur lesquels vous puissiez compter ?

Poerava hésita à répondre, gênée par la question.

- Je vous demande cela, continua-t-il évitant de remarquer son trouble, parce que vous avez subi un choc émotionnel important qui risque d'avoir remis en cause votre équilibre psychologique. Votre entourage immédiat peut donc jouer un rôle capital.

Elle hésita, puis s'entendit prononcer le nom de Jim.

- Jim Simmons, c'est bien ça ? Puis la regardant avec inquiétude il ajouta, ce n'est pas votre rédacteur en chef, au moins ?

- Non, non. Ne craignez rien, c'est un professeur d'université.

- Bon, j'aime mieux ça. Je vais l'appeler pour qu'il vienne vous chercher aujourd'hui et qu'il vous emmène dans un lieu où vous serez tranquille.

- Docteur, je ne sais comment vous remercier, commença Poerava d'une voix mal assurée. Votre bienveillance à mon égard...

Sa voix se brisa.

- Mon petit, ma bienveillance à votre égard, comme vous dites, n'a rien d'exceptionnel. Je traite chacun de mes patients comme un cas unique... Vous êtes en effet unique, mademoiselle Morton, et c'est pour cela qu'il faut prendre soin de vous.

Puis après une longue pause, il ajouta :

- Donc nous sommes bien d'accord. Vous rentrez chez vous à la seule condition de vous ménager et de continuer en douceur la thérapie que vous avez commencée.

- Je vous le promets, docteur.

- Alors c'est parfait. Je vais prévenir votre ami et appeler une infirmière pour vous aider à préparer vos affaires... À tout à l'heure, mademoiselle.

Lorsque dans l'après-midi, Jim Simmons entra dans sa chambre d'hôpital, Poerava était prête et l'accueillit avec un large sourire.

CHAPITRE 18

Au moment où Poerava et Jim quittaient le Sydney Hospital, Paul Dorval pénétrait dans l'immeuble de Joy. La jeune femme n'avait pas ménagé sa peine. La veille, elle avait téléphoné aux membres importants du groupe et avait réussi à en réunir une dizaine. Elle avait aussi convaincu un de ses voisins de palier de la nécessité de lui prêter son appartement pour l'occasion.

Le Petit Cercle se composait à l'origine d'une quinzaine de per- sonnes, étudiants et professeurs, qui partageaient la même passion pour l'Océanie, ses traditions et son devenir. Groupe peu engagé dans l'action, ses membres se voulaient surtout héritiers d'une longue tradition de recherche universitaire et se réunissaient tous les jeudis pour faire le point sur leurs découvertes respectives. Pourtant, au fil du temps, les réunions étaient devenues plus engagées et surtout plus protocolaires.

Ils avaient aussi pris l'habitude de mettre en commun leurs carnets d'adresse et cela leur avait permis de s'infiltrer peu à peu dans les milieux les plus influents de la société. Lorsque la Fondation Smith leur avait proposé de subventionner leurs travaux, ils avaient accepté avec enthousiasme. Ils ne s'étaient pas un seul instant doutés qu'ils venaient d'aliéner leur précieuse liberté de pensée.

Joy Hoggins occupait une place à part au sein du groupe. Jeune professeur fraîchement nommée à Sydney University, elle enseignait les Relations Internationales dans le Pacifique et, à ce titre, approchait de nombreux hommes politiques. Régulièrement, elle organisait des forums dont le retentissement dépassait largement le cadre de l'université. Cela lui conférait une aura incontestable auprès de ses étudiants et les plus brillants d'entre eux étaient naturellement devenus des adeptes du Petit Cercle.

Le nouveau doyen, d'abord effrayé par le contenu politique voire idéologique de ses cours, s'était rapidement incliné devant la popularité de son enseignement et au vu de ses relations dans les différentes strates de la société australienne.

Depuis son arrivée, des conférenciers étrangers, des avocats et hommes de presse étaient venus également grossir les rangs du groupe. Ils étaient à présent une cinquantaine de membres, dont une dizaine entretenaient des liens étroits avec la Fondation Smith. De nombreux changements étaient ainsi apparus presque à l'insu des plus anciens.

Paul Dorval y avait été introduit l'année précédente et en quelques réunions avait su s'imposer. Son charme, son magnétisme et ses talents incontestables de médium avaient d'abord surpris, puis avaient fasciné. Certains avaient protesté et émis quelques réserves. Mais la plupart, entraînés par ses discours apocalyptiques, avaient adhéré à ses thèses.

Depuis leur rencontre à Auckland, l'année précédente, Joy était l'une de ses plus farouches admiratrices et il n'avait eu aucun mal à la convaincre de devenir son bras droit. Elle avait alors œuvré en coulisse pour sa nomination comme Grand Maître et l'avait soutenu dans toutes ses démarches, principalement quand il avait demandé et obtenu une réunion extraordinaire.

Lorsque Paul entra dans l'appartement, tous les membres du groupe étaient déjà rassemblés. Il constata avec soulagement que John Knox n'était pas présent et vit avec plaisir Joy s'avancer vers lui. Il la détailla avec insistance et remarqua qu'elle avait mis une longue robe noire extrêmement moulante. Elle suivit son regard et rougit. Puis, baissant les yeux, elle lui saisit la main et le guida jusqu'au fauteuil qui lui avait été réservé au centre de la pièce. Elle alluma ensuite plusieurs bougies aux essences du tiare Tahiti et se mit à réciter un psaume en tahitien. Ce rituel une fois achevé, elle se tourna vers Paul et lui donna la parole.

- Je vous ai convoqué ce soir car il y a urgence, commença-t-il d'une voix sourde. Vous savez que le tiki est l'insigne que nous avons choisi pour les Grands Initiés, tous *Tahua*[8]. En me choisissant comme Grand Maître de votre organisation, vous vous êtes placés sous le signe du tiki.

La voix de Paul se mit à vibrer et un frisson parcourut l'assistance.

- Le Petit Cercle a eu pour mission, il y a quelques mois, de trouver une certaine gravure. Elle se trouvait à la bibliothèque de votre université et il suffisait de l'emprunter pour quelques jours. C'était un projet un peu fou, mais qui devait marquer avec éclat la cérémonie d'investiture que nous appelions tous de nos vœux. Comme vous le savez sans doute, le travail a été brillamment exécuté par Joy Hoggins avec l'aide d'un de ses anciens étudiants et elle devait me la remettre hier à mon arrivée. Malheureusement l'étudiant a disparu, l'emportant probablement avec lui. Dans quel but? Nul ne le sait encore.

À dessein, Paul Dorval fit une pause et jugea de l'effet produit. Tous autour de lui le regardaient, pétrifiés de stupeur, n'osant intervenir. Au bout d'un moment, quelqu'un se racla la gorge comme s'il allait parler puis se ravisa. Une femme se moucha bruyamment, une autre se dandina sur sa chaise, apparemment mal à l'aise.

- Qui, parmi vous, martela alors Paul Dorval la voix dure, qui avait la responsabilité de s'occuper de l'étudiant en question, un certain Ken Dowry?

Un silence massif s'abattit sur la pièce telle une chape de plomb. Les ombres projetées sur les murs par la lueur des bougies semblèrent se rétrécir et, accablées, retinrent leur souffle.

- Qui ? répéta Paul.
- Moi, lui répondit enfin une voix un peu enrouée.

---

[8] *mot tahitien qui désigne le spécialiste d'un savoir, souvent un prêtre*

L'homme qui avait parlé se tenait en face de Paul et lui faisait front.

D'allure jeune et sportive, il portait de grosses lunettes de myope qui adoucissaient un visage ingrat aux traits épais.

- C'est à moi qu'avait été en effet confié la difficile mission de m'occuper de cet étudiant. Doublement difficile, car je suis avocat de métier et bien que défendant l'université, je suis rarement sur le campus. Enfin Ken Dowry avait été exclu de l'université l'été dernier à la suite d'une affaire de drogue pour laquelle j'avais eu à plaider.

- Alors pourquoi l'avoir choisi ? répartit Paul agacé.

- Pour la simple raison que lui seul voulait bien se charger de la substitution. De plus je lui avais promis de m'arranger pour que l'université abandonne ses poursuites à son encontre et le réintègre.

- En résumé, un mauvais sujet qui se chargeait d'une sale besogne ! C'est bien ça ?

La voix de Paul était devenue sifflante et Joy perçut immédiatement la menace. Elle allait répondre quand l'avocat la prit de vitesse.

- Oui si l'on veut, répliqua-t-il innocemment.

- Bande d'incapables ! rugit Paul Dorval soudain hors de lui, se levant avec tant de violence qu'il culbuta du même coup son fauteuil. Vous comprenez ce que vous venez de faire ? Non, bien sûr vous êtes trop obtus pour ça. Vous oubliez que le Petit Cercle n'est maintenant qu'un infime rouage dans une organisation internationale dont les buts, réservés aux seuls initiés, sont d'essence supérieure. Vous oubliez qu'ils peuvent vous broyer, qu'ils...

Il s'arrêta, haletant, regrettant de s'être laissé emporter. Joy, à ses côtés, le regardait d'un air affolé, ce qui eut pour effet de le calmer complètement.

- Qu'allons nous faire à présent ? demanda-t-elle, se faisant le porte-parole des autres membres maintenant terrorisés.

La réponse claqua aussitôt.

- Rattraper votre erreur au plus vite.

- Mais comment ?

- Que l'un de vous s'introduise dans la bibliothèque de

l'université et vole le document. Il me le faut dans deux jours.

Un léger frémissement agita les silhouettes qui se découpaient sur les murs en ombres chinoises. Une à une, elles se penchèrent pour se concerter, dodelinant de la tête et chuchotant à voix basse.

Au bout d'un moment, le jeune avocat reprit la parole.

- En l'absence de notre Président, nous pensons que le choix vous revient. De plus, de par vos liens avec les Grands Initiés...

- Très bien, coupa Paul. Alors celle qui me paraît la plus digne de cette mission délicate est, vous l'avez deviné, notre très dévouée Joy Hoggins.

Il se tourna alors vers la jeune femme et plongeant son regard dans le sien, ajouta plus bas.

- Joy, l'heure est venue. Vous allez pénétrer avec moi dans le monde des initiés de la Fondation Smith. Vous m'accompagnerez et m'assisterez en tout. Vous ne poserez aucune question et garderez le secret sur ce que vous verrez... Jurez-le.

- Je le jure.

- Vous serez à la disposition de l'organisation jour et nuit.

- Je le jure.

- Enfin, vous promettez de mettre tout en œuvre pour mener à bien la mission qui vous a été confiée, même au péril de votre carrière.

- Je le promets.

- Les dix membres du Petit Cercle, ici présents, sont témoins de votre serment et se portent garants de son exécution. Le secret absolu est évidemment exigé de tous.

Dans un silence religieux, ils acquiescèrent totalement subjugués, oublieux de leur devoir envers l'université et de la plus élémentaire morale civile. Ils contemplaient d'un regard nouveau l'homme qui se dressait devant eux et dont le pouvoir psychique venait de les anéantir.

Joy, transfigurée, alluma la lumière, signifiant ainsi aux autres membres que la séance était terminée. Ses gestes étaient saccadés et son regard fixe.

Elle semblait sous l'emprise d'une forte émotion et ne quittait pas Paul des yeux.

Quand tous furent partis, elle le supplia de la suivre dans sa chambre et de lui transmettre l'énergie cosmique dont elle avait besoin. Il la prit brutalement, la forçant à répéter d'étranges paroles et à se plier à ses caprices. Elle ne s'en étonna pas.

CHAPITRE 19

Le lendemain matin, vers dix heures, Paul Dorval trouva à son réveil un mot de la contessa. *'Carissimo, viens me rejoindre avant midi .J'ai à te parler.'* Paul haussa les épaules. La contessa Luciana attendrait. Il avait mieux à faire. Il tira de son bagage un carnet, le feuilleta et trouva les numéros de téléphone de Jim Simmons. Il hésita un court instant, puis sur une impulsion décida d'appeler à son domicile.

La sonnerie du téléphone retentit un long moment et il allait renoncer, quand une voix féminine lui répondit. Surpris, il nota mentalement que la voix était jeune et avait un timbre agréable.

- Madame Simmons ? dit-il à tout hasard, sachant à l'avance que ce n'était pas la mère de Jim.

À l'autre bout du fil, il entendit un rire clair et cristallin qui lui coupa le souffle.

- Non, non. Je suis une amie de Jim. Vous voulez lui parler, je suppose ?

- Oui en effet, articula difficilement Paul.

- Je regrette, il n'est pas là pour le moment. Voulez-vous lui laisser un message ?

La voix avait pris une inflexion chaude et mélodieuse qui l'effleura comme une caresse. Il frissonna. Une envie irrépressible de connaître la femme à qui appartenait cette voix le saisit violemment.

- J'ai rendez-vous avec Jim, se surprit-il à mentir.

- Oh! alors, c'est différent.

Le ton était à présent léger, presque cordial. Il crut y percevoir un appel, un désir impalpable. Il retint son souffle et attendit. La voix hésita un peu, puis reprenant sa tonalité grave et musicale lui dit :

- Alors à tout à l'heure !

En reposant le combiné, Paul s'aperçut que ses mains tremblaient légèrement et sut avec certitude que la femme au téléphone était celle qu'il cherchait.

Il appela immédiatement la Fondation Smith pour annuler un rendez-vous et confirma son entrevue en fin d'après-midi avec le patron du Sydney Post.

Rapidement, il calcula qu'il pourrait voir la contessa à vingt heures et lui fit livrer un bouquet de roses rouges. Ensuite il appela un taxi et, de nouveau maître de lui, partit au domicile de Jim.

Lorsque le carillon de la porte d'entrée sonna, Poerava était dans la cuisine, occupée à se faire du thé. Vêtue d'un survêtement et les cheveux retenus par une grosse pince, elle était seule dans la maison.

En ouvrant la porte, Poerava se souvint trop tard que Jim attendait un visiteur et, gênée, s'excusa de sa tenue. Elle fit entrer Paul dans le salon et lui proposa du thé. Il accepta et tous deux s'assirent face à face.

- Vous êtes un collègue de Jim, n'est-ce pas ? lui demanda-t-elle en posant les tasses et la théière sur la table basse du salon.

- Oui. Nous travaillons sur des projets communs, lui ici, moi à Auckland.

Tout en parlant, Paul ne la quittait pas des yeux. C'était bien la jeune femme qu'il était venu rencontrer.

Son intuition au téléphone ne l'avait pas trompé. Poerava, quant à elle, semblait mal à l'aise et jetait continuellement des regards furtifs sur sa montre.

La conversation s'enlisait.

- Vous connaissez Auckland ? demanda soudain Paul.

- Un peu. J'y suis allée en mai dernier avec Jim. Il assistait à un colloque sur les cultures océaniennes et je l'avais accompagné.

- Nous nous sommes peut-être croisés, car moi aussi j'y étais. De toute façon, je vous connais. Vous êtes Poerava Morton.

Poerava sursauta.

- Comment le savez-vous ?

Paul mentit de nouveau.

- Jim m'a beaucoup parlé de vous.

Il pensa à la photographie qu'il gardait sur lui la représentant à une soirée de gala. Il songea aux nombreuses filatures qu'il avait payées, souvent à prix d'or, pour tout connaître de sa vie privée.

- Et puis vous êtes une journaliste célèbre à Sydney ! ajouta-t-il en souriant.

C'était après tout la photographie d'un magazine de mode qui lui avait permis de la retrouver.

- Vous me flattez beaucoup.

Sa voix tremblait un peu et lorsqu'elle plongea son regard dans le sien, elle sentit un trouble étrange l'envahir. Paul soutint son regard et mesura avec satisfaction l'effet qu'il produisait sur la jeune femme.

- A quelle heure avez vous rendez-vous ? demanda-t-elle, changeant brusquement de sujet.

- Dans un quart d'heure exactement. Je suis désolé, je suis arrivé un peu en avance mais j'avais peur de ne pas trouver. Je ne connais pas très bien Sydney, vous savez.

- Vous n'êtes pas le seul, rassurez-vous. Moi aussi je m'y perds.

- Vous êtes de Tahiti, n'est-ce pas ?

La sonnerie du téléphone interrompit leur conversation.

- Excusez-moi, je vous prie.

Poerava prit son portable et disparut dans la pièce à côté. Quand elle revint quelques minutes plus tard, elle était très pâle.

- C'était Jim... Je ne comprends pas, il n'attend personne... Il y a sans doute une erreur.

Elle avait envie de voir cet homme s'en aller au plus vite. Elle ne comprenait pas ce qu'il venait faire ici ni ce qu'il voulait. En même temps, elle n'avait pas peur de lui.

Enfin il se leva.

- Je suis Paul Dorval. Voici ma carte de visite. Pouvez-vous la remettre à Jim, s'il vous plaît ? Il a dû probablement oublier notre rendez-vous, c'est sans importance.

Au moment où il allait partir, il se retourna sur le seuil de la porte et ajouta :

- J'ai été très heureux de faire votre connaissance et j'espère que vous me ferez la joie de venir à la conférence que je donne dans quelques jours à Sydney University ... avec Jim, bien sûr !

Puis, il lui dit au revoir en lui serrant la main et sa paume s'attarda dans la sienne une fraction de seconde de plus que nécessaire. Inexplicablement Poerava ne s'en offusqua pas et dut faire un effort sur elle-même pour détacher ses yeux des siens.

Embarrassée, elle referma la porte derrière lui et se demanda où elle avait déjà vu cet homme.

CHAPITRE 19

Paul Dorval tourna sans bruit la clé dans la serrure et entra dans la suite de la contessa Luciana. Tous les rideaux étaient tirés. Le grand salon était plongé dans une profonde obscurité. Il sortit de sa poche une lampe torche et l'alluma. Puis il s'avança à pas feutrés en direction de la chambre.

Un rai de lumière filtrait sous la porte. Il s'arrêta et réfléchit. Elle ne l'avait pas entendu entrer. Peut-être s'était-elle assoupie ? Il regarda sa montre et fut surpris de constater qu'il avait trois heures de retard. En sortant de chez Jim, il avait été à son rendez- vous au *Sydney Post*, puis avait perdu la notion du temps. Il avait rôdé plusieurs heures dans les rues de la ville et avait finalement terminé dans un bar dont il ne se souvenait même pas du nom.

Au moment de frapper à la porte, une force inconnue le retint. Pendant une fraction de seconde, il hésita sur la marche à suivre. Puis il pivota brutalement et se dirigea vers le piano à queue.

Un bouquet de roses rouges embaumait l'air d'un parfum douceâtre et fit surgir des images anciennes. Sa gorge se noua.

Il revit en pensée sa mère, puis la contessa jouer les airs qu'il aimait. Il hésita encore, puis alla vers la commode et ouvrit avec précaution l'un des tiroirs.

Un bruit le fit sursauter et soudain la pièce fut inondée de lumière.

- Je ne comprends pas ce qui se passe ! s'écria la contessa derrière lui.

Il se retourna et lui fit front.

- Tu as vu l'heure, Paolo ? J'étais morte d'inquiétude.

Il ne répondit pas.

- Qu'y-a-t-il, *caro mio* ? Viens, que je te serre sur mon cœur. « Rappelle-toi, fais confiance à Luciana ».

D'un geste, il l'arrêta. Il sortit de sa poche une photographie.

- Regardez cette femme, contessa !

Interdite, la contessa Luciana prit la photographie que Paul lui tendait.

- Elle est belle, dit-elle simplement.

- Cette femme me donne la force de vous résister.

- De me résister ? Mais de quoi parles-tu ?

- Vous le savez fort bien, répondit Paul Dorval d'une voix rauque. Toutes ces années passées à vous obéir, à être votre esclave. C'est fini.

La contessa renversa la tête en arrière et éclata de rire.

- Tu inventes, mon pauvre petit ! Je ne t'ai jamais forcé à faire quoi que ce soit. Je t'ai appris à être un homme, c'est tout.

- Un homme ! rugit Paul.

Ses yeux étincelaient de rage et ses membres tremblaient sous l'effet de l'émotion.

- Un jouet plutôt. Pour satisfaire vos fantasmes de mère et d'amante perverses. Pour assouvir votre goût immodéré de la domination. Pour...

Paul Dorval fut pris d'une violente quinte de toux qui le força à s'asseoir. Il respirait maintenant péniblement.

- Naturellement tu n'as pas sur toi ta Ventoline, fit la contessa doucement. Attends, je vais la chercher dans la salle de bains. Quand elle revint, Paul avait la tête cachée entre ses mains. Elle lui caressa les cheveux et lui susurra.

- Tu es mon bambino. Tu n'as pas changé.

- Assez, Luci ! Assez.

Changeant de registre, elle s'assit à côté de lui et demanda :

- Qui est cette superbe brune ?

- Celle que je cherche depuis longtemps. Celle qui va m'aider à retrouver toute ma puissance cosmique.

- Tu veux dire qu'elle va être ta grande prêtresse ? Mais c'est impossible !

- Et pourquoi ?

- Tu oublies que c'est grâce à moi que tu as été choisi au poste de Grand Maître, *caro mio*. Que je suis celle qui décide. Que sans moi, tu ne serais RIEN.

- C'est faux ! hurla-t-il hors de lui. J'ai été choisi pour mes dons. John Knox me l'a confirmé cet après-midi.

La contessa émit un petit rire nerveux.

- Tu devrais savoir que John Knox dit ce que je lui ordonne de dire.

Elle laissa errer ses mains sur son visage et son torse.

- Tu ne peux pas te débarrasser de moi !

Paul sentit son courage l'abandonner et eut envie de se jeter à ses pieds, de la supplier. Mais il savait que cela ne servirait à rien. Sa mémoire tenace le gardait prisonnier du temps : passé, présent, avenir se mêlaient inextricablement en une longue chaîne ininterrompue de révoltes et de soumissions. Il eut la fugitive impression qu'il devenait fou.

Il fallait qu'il trouve un moyen de se libérer. Et vite.

- Je t'ai tout appris, reprit la contessa, le visage tout contre le sien. L'amour, la haine, le courage et le pouvoir. Tu aimes le pouvoir n'est-ce pas ? Je vais te le donner. Mais tu dois rester mon enfant chéri.

- Jamais !

- Voyons, sois raisonnable. Oublie cette femme.

- Comme vous m'avez forcé à oublier ma mère !

- Que dis-tu là ? C'est faux.

- Non, c'est hélas vrai. Vous avez fait tout ce qui était en votre pouvoir pour me détacher d'elle.

- Mais elle était morte !

- Justement. Vous m'avez empêché de la pleurer, de chérir son souvenir, de garder ses objets personnels. Vous m'avez enlevé jusqu'à ses photographies. Vous l'avez tuée une deuxième fois !

- Je t'interdis de dire des choses pareilles, malheureux ! s'écria la contessa, se levant brusquement.

Elle arpenta nerveusement la pièce, les yeux embués

de larmes. Sa longue chemise de nuit flottait autour de son corps comme une robe d'un autre âge. Au bout d'un moment, elle pivota et revint s'asseoir.

- Tu es cruel, Paolo et ...

Elle hésita et le regarda fixement.

- injuste. Oui, c'est le mot. Tu es injuste. Je vous ai tout donné à toi et à ta mère. Et c'est la façon dont tu me remercies.

Paul ricana.

- Je veux que vous me donniez la dernière photographie de ma mère. Maintenant.

- C'est ce que tu cherchais dans le tiroir de la commode, n'est-ce pas?

- En effet.

- Tu es donc aussi devenu voleur.

- Je viens chercher ce que vous m'avez promis.

Le visage de la contessa s'éclaira.

- Alors, tu n'as pas oublié notre marché ?

- Il n'y a jamais eu de marché entre nous, contessa Luciana. Qu'une manipulation sordide.

L'expression que Luciana di Toso lut dans le regard de Paul la fit frissonner. Prise de panique, elle se leva, ouvrit le tiroir et lui tendit sans un mot ce qu'il lui demandait.

CHAPITRE 20

Après la visite de Paul Dorval, Poerava avait brusquement pris la décision de rentrer chez elle. En partant, elle avait pris soin d'emporter avec elle la carte de visite qu'il lui avait laissée. Au dos était inscrit un numéro de téléphone à Sydney. Intriguée, elle l'avait rangée instinctivement dans son sac.

Dans la voiture qui roulait à petite allure, elle était songeuse. Elle n'arrivait pas à s'expliquer pourquoi il lui avait laissé son numéro de téléphone alors que Jim avait ses coordonnées, ni pour- quoi elle avait envie de le revoir. Elle devait admettre que sa rencontre l'avait troublée plus qu'elle ne voulait bien se l'avouer. Elle s'en voulait aussi de ne pas en avoir parlé à Jim.

Absorbée dans ses pensées, elle faillit brûler un feu rouge et se promit d'être plus attentive. Dehors, la pluie tombait en nappes compactes. Une voiture la doubla en klaxonnant, la femme à son bord lui lançant des regards assassins. Poerava s'aperçut alors qu'elle roulait au milieu de la chaussée et se mit à rire. Décidément, elle était bien distraite et Jim bien fou de lui avoir prêté sa voiture.

En s'engageant sur la voie express qui l'emmenait chez elle, elle remarqua dans son rétroviseur un 4x4 qui roulait à la même vitesse qu'elle. La couleur jaune canari de sa carrosserie et le casque ailé peint sur le capot le rendait facilement identifiable. Le trafic sur l'autoroute était assez dense et la visibilité mauvaise. Les voitures en roulant projetaient des paquets d'eau sur son pare-brise et elle maudissait à chaque fois les essuie-glaces usés de Jim qui gênaient sa conduite. Elle soupira en pensant à sa Mercedes nettement plus confortable et aux nombreux CD qu'elle pouvait écouter dans sa voiture pour tuer le temps. Elle essaya d'allumer la radio, mais fut vite découragée par le crépitement presque inaudible qui en sortait. Elle décida alors de quitter la voie express à la prochaine sortie. Elle pourrait ainsi rejoindre tranquillement Vaucluse.

Poerava constata avec satisfaction que la route était déserte. Elle jeta un coup d'œil dans son rétroviseur et fut étonnée de voir que le 4x4 était toujours là. Il lui parut cependant plus près. « Il veut sans doute me doubler » se dit-elle à haute voix comme pour se rassurer. Elle ralentit un peu. Le capot du 4x4 était maintenant à moins d'un mètre de son pare-chocs arrière. Elle entendit le conducteur débrayer bruyamment puis faire ronfler son moteur d'un air menaçant. « Qu'est-ce qu'il attend pour me doubler, cet idiot ! » pensa-t-elle, le regard fiché dans le rétroviseur.

Elle lui fit signe de passer dans un virage dégagé qu'elle connaissait bien. En réponse, il activa son puissant klaxon et ralentit brutalement. Cette fois il n'y avait plus de doute, elle était suivie. Immédiatement elle eut la présence d'esprit de regarder dans son rétroviseur latéral. La plaque d'immatriculation du 4x4, maintenant à bonne distance, était facile à lire même à l'envers - ATA III. Tenant le volant d'une main, elle attrapa de sa main libre son enregistreur de poche qu'elle avait laissé sur le siège avant et qui ne la quittait jamais. Comme si le conducteur avait compris son manège, le 4x4 bondit à nouveau, son immense pare-chocs prêt à la toucher.

Poerava prit peur. Avisant une petite route de traverse, elle s'y engagea brusquement, manquant déraper sur la chaussée glissante.

Un instant, elle crut l'avoir semé. Mais bientôt, elle l'aperçut. Pour la première fois, elle put distinguer le visage du conducteur. Jeune, les cheveux bouclés, il portait de longs favoris bruns qui lui donnaient un air patibulaire. Soudain, le 4x4 rugit et fut à nouveau collé contre sa voiture. Si près qu'elle ne distinguait plus que les immenses chromes du véhicule qui, dans un vrombissement infernal, heurtèrent son pare-chocs arrière, la projetant sur le volant.

Prise de panique, elle appuya à fond sur l'accélérateur. Aussitôt le 4x4 accéléra. Poerava connaissait bien l'endroit et savait qu'une pompe à essence n'était pas loin. Si elle pouvait l'atteindre sans encombre, elle était sauvée. Elle s'arrêterait et appellerait la police.

Un second coup de butoir, beaucoup plus violent que le premier, fit faire un saut en avant à la voiture au moment où elle amorçait un virage en épingle à cheveux. La voiture chassa de l'arrière et tangua dangereusement. Poerava s'agrippa au volant de toutes ses forces et braqua dans le sens du dérapage pour la redresser. Elle allait y parvenir quand le 4x4 la doubla et lui fit une queue-de-poisson. Cette fois, elle ne put éviter le fossé qui bordait la route et sa voiture s'immobilisa dans un gémissement métallique.

Poerava était indemne mais avait eu très peur. Les jambes molles, elle quitta la voiture et s'assit sur le bas-côté de la route attendant qu'un automobiliste charitable la secourût. Elle n'eut pas à patienter longtemps. Cinq minutes plus tard, une camionnette s'arrêtait et la conduisait au poste de police local.

À peine arrivée dans les locaux de la police, Poerava s'aperçut qu'elle avait oublié son portable dans la voiture et s'affola. Il lui fallait absolument téléphoner à Jim. Un jeune officier de police, à peine âgé d'une vingtaine d'années, eut pitié d'elle et lui proposa d'aller le chercher. Poerava le gratifia d'un petit sourire et s'assit soulagée. Depuis qu'elle avait programmé son portable avec tous les numéros de téléphone importants, elle s'était empressée de les oublier.

Lorsque enfin elle appuya sur la touche appel de Jim, c'est son répondeur qui se mit en marche à l'autre bout du fil.

CHAPITRE 21

Depuis dix jours, l'inspecteur Brians menait son enquête méticuleusement, comme à son habitude. Mais il n'était pas satisfait. À sa grande surprise, sa demande d'examen pour meurtre n'avait pas été retenue par le procureur. « Par manque de preuves » lui avait on rétorqué. C'était, à son avis, plutôt par manque d'intérêt pour un dossier en apparence terne.

Il ouvrit une mince chemise cartonnée et en tira une photographie. Lentement, il la regarda dans tous les sens. Puis il sortit de son tiroir de bureau une grosse loupe et examina le cliché de plus près.

Plusieurs détails l'intriguaient.

Le corps de Rosaleen Duffy, la brancardière, avait été retrouvé affreusement mutilée. La rame de métro lui avait broyé les jambes et infligé de sérieuses lésions à l'abdomen. Seuls les bras et le visage étaient intacts. Pourtant, des traces de blessures récentes étaient visibles sur le front et le haut du cou. Il s'agissait de cicatrices encore roses, d'environ trois centimètres de long qui se terminaient à chaque fois en forme de T.

Le bras droit de la victime était dénudé et portait un curieux tatouage. Ses doigts étaient repliés comme s'ils agrippaient un objet invisible. Le commissaire approcha sa loupe et scruta le tatouage. Il identifia immédiatement un motif traditionnel de type océanien, compliqué et répétitif. Arthur Brians réfléchit. Il pensa au pendentif que les policiers avaient retrouvé à côté du corps et qui appartenait à la jeune journaliste. Puis il haussa les épaules. Pure coïncidence.

Les policiers n'avaient rien décelé d'anormal dans la vie de Rosaleen Duffy. Elle était le type même de l'employée dévouée, sans autre distraction que son travail. Elle vivait seule et ne fréquentait personne. La perquisition à son domicile n'avait rien révélé non plus. Tout y était banal : le mobilier à bon marché, les rideaux à fleurs, ses lectures. À l'exception de quelques livres ésotériques qui détonnaient un peu, sa bibliothèque était constituée unique- ment de romans à l'eau de rose et de magazines à sensations.

Perplexe, l'inspecteur regarda à nouveau la photographie. Puis ses yeux se portèrent sur le tatouage qu'il considéra avec attention.

- Merde, lâcha-t-il en se levant.

Quelque chose lui échappait.

Il ne comprenait pas pourquoi une jeune femme si discrète portait sur elle cette marque indélébile. Cela ne cadrait pas avec le personnage, tel qu'il se le représentait du moins. Un élément lui manquait.

Il se rassit et se pencha sur le cliché, jouant de sa loupe pour grossir les détails au maximum. C'est alors qu'il s'aperçut avec étonnement que les cicatrices n'étaient pas linéaires mais dentelées. « Intéressant » marmonna-t-il entre ses dents « voyons ce que dit le rapport du légiste ».

Il reposa sa loupe, puis lentement fit pivoter son fauteuil face à un meuble de rangement encombré de paperasse administrative. Tenant toujours d'une main la photographie, il allongea le bras et saisit un dossier qui dépassait d'une pile de documents. Il était certain que c'était celui-là. Il se souvenait en effet l'avoir posé en évidence pour pouvoir le retrouver facilement. Il vérifia l'étiquette et exulta.

À l'intérieur, se trouvaient pêle-mêle le rapport de police, plusieurs photographies de la victime, la copie du rapport officiel d'autopsie ainsi qu'une note confidentielle du médecin légiste adressée à son attention.

Il se mit à lire avidement le rapport d'autopsie. Deux pleines pages de descriptions détaillées de l'anatomie de Rosale Duffy et plusieurs résultats d'analyses. Quand il en arriva aux conclusions, son regard se durcit. Le rapport ne faisait état que de la cause du décès : suicide. Rien concernant les blessures de la morte, pourtant visibles, au cou et au front.

L'inspecteur Brians s'agita sur son fauteuil, mal à l'aise. Puis il déplia la note du médecin légiste soigneusement rangée dans le dossier. Trois lignes d'une petite écriture serrée l'informaient d'une éventuelle anomalie au niveau des cicatrices dues à des blessures antérieures probablement sans importance. Incrédule, il se passa la main dans les cheveux et relut plusieurs fois la phrase. Sans importance ! Qu'en savait-il après tout ?

L'enquête de police avait été menée tambour battant et l'autopsie bâclée. Mais il était maintenant trop tard pour demander un complément d'informations. La mort remontait à plusieurs jours et la famille était déjà venue chercher le corps à la morgue. Rosaleen Duffy reposait en paix.

Soudain il fut tenté d'appeler Nick Martins.

Il savait que Nick brouillait les pistes, menant sa propre enquête et prenant plaisir à voir la police s'embourber. Mais il savait aussi que Nick pouvait lui être très utile. Volontairement ou ... involontairement. L'enquête ne venait que de commencer et une visite réglementaire au *Sydney Post* s'imposait. Ensuite, peut-être pourraient-ils s'échanger quelques bons tuyaux ? Donnant, donnant naturellement.

CHAPITRE 22

Arthur Brians avait regroupé ses hommes à l'entrée du bâtiment qui abritait les locaux du Sydney Post. Il les avait répartis en deux équipes, l'une devait passer l'immeuble au peigne fin, l'autre enquêter au journal. Nick Martins l'attendait dans son bureau.

- Qu'est-ce qu'on cherche ? demanda un policier.

Arthur Brians sortit de sa poche une liasse de feuillets dactylographiés et les distribua à ses hommes.

- Lisez ça et utilisez votre cervelle. Surtout du doigté ! N'oubliez pas que John Knox, le propriétaire du journal, est l'un des hommes les plus influents de la ville. Alors j'imagine qu'aucun de vous ne veut se retrouver à la circulation. Je pense que vous m'avez compris?

Les hommes de l'inspecteur acquiescèrent d'un air entendu puis, en silence, se plongèrent dans la lecture de la note administrative qu'ils avaient maintenant entre les mains.

- Vous remarquerez, fit-il au bout d'un bref instant, que nous avons très peu d'éléments. Un coup de fil anonyme, un pendentif retrouvé à côté du corps d'une suicidée et la victime de l'agression toujours plus ou moins sous le choc. De plus cette dernière se refuse catégoriquement à parler.

Il se tut un moment, plongé dans ses pensées, puis reprit ses explications sans remarquer l'impatience grandissante de ses hommes.

- À vrai dire, la seule piste intéressante est celle de la jeune brancardière Rosaleen Duffy. J'ai la preuve qu'elle connaissait quelqu'un au journal et l'intime conviction qu'elle suspectait quelque chose. C'est à vous les gars de découvrir ce que c'était. Ratissez-moi l'immeuble et interrogez-moi tout le monde. Mais rappelez-vous la consigne : du doigté!

En son for intérieur, l'inspecteur Brians ne se faisait aucune illusion. Il ne trouverait probablement pas de nouveaux indices. Il savait aussi que Nick Martins lui mettrait des bâtons dans les roues. Néanmoins, la routine avait parfois permis de faire de surprenantes découvertes et il avait reçu la veille un appel inattendu, celui d'un ancien stagiaire du *Sydney Post* qui se disait prêt à collaborer.

À contrecœur, il lâcha ses hommes et se dirigea seul vers l'ascenseur qui menait à l'étage de la direction. Nick Martins était en conférence et une jolie blonde le pria de patienter. Au bout de vingt minutes, l'interphone sonna. La secrétaire prit la communication, puis se leva et lui fit signe de la suivre. Ils longèrent un long couloir jusqu'à une grande salle dont la porte était ouverte. Elle s'effaça pour le laisser entrer et ferma la porte derrière lui.

- Salut Arthur !

Nick Martins se tenait à l'extrémité de la table de conférence. Il était au téléphone et lui fit un geste amical de la main. Malgré l'apparente jovialité du geste, l'inspecteur perçut une certaine tension. « Il essaie de me bluffer », songea-t-il soudain agacé.

Au moment où Nick raccrochait, la secrétaire entra un plateau à la main.

- Bravo Sue, vous êtes parfaite !

Elle disposa les tasses sur la table et leur servit du café, laissant flotter sur son passage une odeur de parfum à bon marché. En partant, Nick lui fit un clin d'œil et se tourna vers l'inspecteur.

- Elle est chouette, hein ?

Voyant qu'Arthur Brians n'avait pas l'air d'apprécier son humour, il ajouta sans transition :

- Alors, où en es-tu dans ton enquête ?

- Au point mort. La perquisition chez Rosaleen Duffy n'a rien donné et tous les témoignages de moralité concordent.

Il prit un air satisfait.

- J'ai quand même du nouveau.

- Vraiment ? Tu as des indices ?

- J'ai simplement pris le temps de regarder les photographies du corps.

Nick le considéra avec étonnement.

- Mais je croyais que le rapport d'autopsie était clair à ce sujet.

- Bâclé, tu veux dire.

- Comment ?

- Tu as bien entendu. Le rapport d'autopsie a été bâclé ou saboté comme tu voudras.

- Tu veux dire que l'autopsie a été mal faite sciemment.

- Oui. Quelqu'un avait intérêt à ce que ce soit un suicide. Tu vois ce que je veux dire ?

- Non.

Les deux hommes se toisèrent.

- Tu as des preuves ? demanda Nick d'un ton hargneux.

- J'en aurai bientôt. J'ai demandé des agrandissements au labo.

Il se pencha soudain en avant et fixa Nick droit dans les yeux.

- Il se pourrait qu'on découvre que quelqu'un a voulu entraver l'enquête, voire pire, dissimuler des indices compromettants.

- Ah oui ! Franchement, Arthur, je ne vois pas très bien où cela te mène.

- J'ai ma petite idée là-dessus. Ce que je te demande c'est seulement de laisser mes hommes faire leur travail.

- Naturellement. Mais tu connais John Knox ?

- Oui, oui. Mes hommes ont reçu des consignes : pas de vagues.

Nick s'agita nerveusement dans son fauteuil.

- Je suis persuadé que tu ne trouveras rien ici. Tu perds ton temps.

- Nous verrons bien.

Il allait se lever pour partir quand soudain il se rassit.

- Ah ! J'oubliais. Que sais-tu du coup de fil anonyme que Poerava Morton a reçu avant son accident ?

L'inspecteur vit avec satisfaction Nick Martins blêmir. Il fit mine de consulter ses notes tout en l'observant du coin de l'œil. Il avait donc vu juste. Nick lui cachait quelque chose.

- Je suis sûr que tu as des informations à me communiquer, fit-il calmement. Cela me serait très utile pour vérifier les dires d'un témoin.

- D'un témoin ? reprit Nick en écho.

- Oui. Un certain Richard Hughes m'a téléphoné hier et je pense que, grâce à son témoignage, l'enquête va prendre un tour nouveau.

Il ouvrit son carnet.

- Je t'écoute.

Nick calcula rapidement les chances qu'il avait de ne pas se couper et décida de jouer franc jeu.

- C'est une malheureuse histoire, commença-t-il.

Arthur Brians fronça les sourcils et leva les yeux de son carnet. Qu'essayait-il de lui faire avaler ? Il n'avait pas l'intention de se laisser berner par de belles paroles et voulait boucler son enquête au plus vite.

- Allons au fait.

- J'y arrive. Simplement il faut que tu saches que ce Richard Hughes a été stagiaire chez nous et qu'il a été fichu à la porte pour incompétence.

Nick fit une pause.

- Tu comprendras que maintenant il cherche à nuire au journal par tous les moyens.

Le commissaire hocha la tête, peu convaincu.

- Quelle est ta version des faits ?

- Nous avons eu une réunion le soir de l'accident de Poerava et elle m'a parlé d'un coup de fil bizarre. Je dois dire que, sur le moment, je n' y ai attaché aucune importance.

- Où et quand a eu lieu votre réunion ? continua l'inspecteur imperturbable.

- À mon club vers seize heures, si mes souvenirs sont exacts.

- Des témoins ?

- Oui, bien sûr. Etaient aussi présents Jack Thompson, Phil Culver et Dick Rovers, mes plus proches collaborateurs. Ils pourront te confirmer les faits.

- À quelle heure s'est terminée la réunion ?

- À dix-sept heures trente précises. J'ai proposé à Poerava de rentrer au journal avec elle, mais elle a refusé.

- Qu'avez-vous fait après ?

- Nous avons pris un dernier verre.

- Et puis ?

- J'ai dîné avec John Knox. Ensuite, je suis rentré chez moi.

- Que sais-tu d'autre sur le coup de fil ?

- Rien.

- Rien ? Tu en es sûr ?

- Oui. Tu doutes de ma parole maintenant ?

- Je n'ai pas dit ça. Mais le jeune stagiaire affirme que le répondeur de Poerava Morton contenait une cassette avec un message enregistré dessus.

- Foutaise !

- Qu'est-ce qui te fait dire ça ?

- Parce que le lendemain matin, j'ai vérifié son répondeur et il n'y avait rien dedans.

- Tu veux dire qu'il n'y avait plus de cassette dans le répondeur? Qu'on l'avait prise ?

Nick sentit le sol se dérober sous lui.

- Pas exactement. J'ai simplement constaté que son répondeur ne contenait pas de cassette. Poerava ne s'en servait pas beaucoup, car elle préférait son portable.

- Bon, pour l'instant ça a l'air de coller. Je vais interroger tes collaborateurs.

Puis, il ajouta en partant :

- Voyons, fais pas cette tête-là ! On peut faire du bon boulot ensemble... Enfin tout dépend de toi !

Resté seul, Nick Martins se demanda ce qu'Arthur Brians avait derrière la tête. Pour la première fois de sa vie, il sentait la situation lui échapper. Il tripota machinalement son coupe-papier tout en réfléchissant à la stratégie qu'il allait devoir adopter.

Les idées se bousculaient dans sa tête. Pourtant l'une s'imposait peu à peu. Il lui fallait convaincre Jim Simmons de l'aider.

Cela allait être difficile, il le savait, vu la méfiance presque maladive de ce dernier vis-à-vis des journalistes et de lui-même en particulier. Mais Poerava avait confiance en lui.

Il pensa soudain à Jack Thompson. Bon sang ! il fallait aussi qu'il parle à ce vieil imbécile. Il se leva d'un bond et sortit en claquant la porte.

CHAPITRE 23

Jim se rendit comme chaque mardi à l'université, mais le trajet lui parut plus long que d'habitude. Le ciel orageux de ce premier jour de décembre s'accordait parfaitement avec son humeur maussade et ses idées sombres.

Il avait deux rendez-vous qui le préoccupaient. L'un avec le doyen, l'autre au *Sydney Post*. Il se demandait d'ailleurs pourquoi Nick Martins avait tant insisté pour le voir. Les deux hommes ne s'appréciaient guère et vivaient dans des mondes trop différents pour avoir quoi que ce soit en commun. Il se remémora leur brève conversation et songea tout à coup que Nick n'avait pas dit la vérité. Son projet de séminaire sur la presse n'était qu'un moyen grossier de le rencontrer. Il devait connaître ses liens avec Poerava et essayait d'en savoir plus sur son accident.

La pensée de la jeune femme le contraria. Son départ précipité l'avait laissé meurtri et tourmenté. De quoi avait-elle peur au juste ? Pourquoi était-elle partie si vite et surtout lui disait-elle toute la vérité ? Toutes ces questions restaient pour l'instant sans réponse. Il ne pouvait pas non plus s'empêcher d'éprouver de la jalousie vis-à-vis de Nick Martins. Son intérêt pour Poerava n'était pas seulement professionnel. Il en aurait juré.

En arrivant à Sydney University, il avait pris un certain nombre de résolutions. Il allait d'abord appeler Poerava pour prendre de ses nouvelles, puis il donnerait son premier cours avant d'aller voir le doyen. Ensuite, il appellerait Nick pour annuler son rendez-vous. Il consulta rapidement sa montre. Il lui restait à peine quinze minutes avant le début de son cours.

En entrant dans son bureau, le téléphone sonnait. Le cœur battant, Jim se précipita et décrocha. Mais il fut déçu en reconnaissant la voix de la secrétaire du doyen.

- Bonjour, professeur, est-il possible de repousser d'une heure votre rendez-vous avec le Dr Barnett ?

- Bien sûr, sans problème. On peut même le reporter si vous voulez.

- Non, non, cela ne sera pas nécessaire. Le Dr Barnett doit juste rencontrer impromptu la presse et vous savez qu'il adore ça.

Jim grogna au téléphone. Il connaissait les penchants affirmés du doyen pour les journalistes et les media en général.

- Et qui sont les heureux élus, cette fois ? demanda-t-il amusé.

- C'est le rédacteur en chef du *Sydney Post*, en personne. Vous comprenez sans doute mieux maintenant pourquoi il a bénéficié d'un régime de faveur.

Abasourdi, Jim ne répondit pas, incapable de parler.

- Professeur Simmons, vous êtes toujours là ? s'enquit mademoiselle Timor vaguement inquiète.

- Oui, oui, bredouilla Jim. Excusez-moi mais je dois vous quitter, j'ai cours tout à l'heure.

Lorsqu'elle eut raccroché, Jim Simmons reposa lentement le téléphone sur son bureau et réfléchit quelques instants. Puis il prit ses affaires et sortit.

Au lieu de se rendre dans sa salle de classe où ses étudiants l'attendaient, il se dirigea d'un pas assuré en direction du bureau du doyen. En chemin, il croisa l'un d'entre eux qui, surpris de le trouver là à cette heure, fit mine de ne pas le voir.

Arrivé devant l'édifice qui abritait les services administratifs, il s'arrêta. Mû par son indignation, il n'avait pas tout à fait mesuré les difficultés ni préparé son intervention. L'effet de surprise jouerait évidemment en sa faveur, mais ensuite il lui faudrait trouver des arguments pour convaincre le doyen de ne pas recevoir Nick Martins. La partie s'annonçait difficile. Tel un lutteur avant le combat, il inspira profondément et s'engouffra dans le bâtiment. La secrétaire, en le voyant, essaya de le retenir, mais devant son air déterminé y renonça rapidement. Elle pressa discrètement le bouton d'une sonnette placée près de son ordinateur et le Dr Barnett ouvrit presque aussitôt la porte de son bureau.

- Eh bien, cher ami, que se passe-t-il ? Que me vaut cette entrée pour le moins fracassante ?

Il n'attendit pas la réponse de Jim et tout en tirant voluptueusement sur son cigare, continua d'un ton sarcastique.

- Je croyais que nous avions rendez-vous dans une heure, mais j'ai dû probablement me tromper. Venons-en au fait, voulez-vous ?

Il s'assit lourdement derrière son bureau et regarda Jim par-dessus ses lunettes, le regard sévère.

- Je suppose que vous avez une bonne explication à tout ceci. Alors je vous écoute.

- Monsieur le doyen, commença Jim en toussotant, mal à l'aise, je .. je suis désolé d'avoir forcé votre porte d'une manière aussi brutale.

- Je vous en prie, continuez !

- Ce n'était absolument pas dans mes intentions. Je suis trop respectueux de l'ordre et de ....

- Simmons, je vous arrête tout de suite. Je n'ai pas l'intention d'écouter vos fadaises plus longtemps. Il se passe depuis dix jours des choses bizarres dans cette université et je croyais que vous étiez venu m'apporter des éléments nouveaux. S'il n'en est rien, considérez que l'entretien est terminé.

John Barnett se leva et vint se camper devant Jim.

- Je suis prêt à tout entendre.

Jim le regarda, choqué de la remarque.

- Tout entendre ? fit-il incrédule.

- Oui, vous avez bien entendu. Toute l'université ne parle que de vos succès amoureux sur le campus et... hors campus. J'ai eu votre âge, et ne suis pas ennemi de détails croustillants mais rien, vous entendez, rien ne doit sortir de ce bureau.

Puis se dirigeant vers un petit bar qu'il s'était aménagé dans l'encoignure de sa bibliothèque, il se versa un verre et en servit un à Jim.

- Je crois qu'un bon whisky vous fera du bien. Parlez sans crainte.

- Je ne sais pas trop ce qu'on a pu vous dire à mon sujet, mais je peux vous assurer que ma conduite au sein de l'université a toujours été et reste irréprochable.

- Sheila Parkinson vous accuse pourtant de l'avoir harcelée, laissa tomber John Barnett en avançant sa lèvre gourmande. C'est très compromettant pour l'université. Qu'avez-vous à répondre ?

- Rien.

- Rien ?

- Non, car cette fille est complètement hystérique et me poursuit partout.

- Vous aviez pourtant rendez-vous avec elle à la bibliothèque, samedi?

- Oui en effet, c'est vrai. Mais comment le savez-vous?

- Tout se sait ici, mon jeune ami. Je sais également que vous poursuivez de vos assiduités l'une de vos collègues.

- Quoi !

- Une jeune femme charmante d'ailleurs. On vous a vus ensemble et je sais aussi que vous vous affichez avec une journaliste en vue.

- Ecoutez, il doit y avoir une erreur.

- Je l'espère aussi, car nous apprécions beaucoup trop votre collaboration et vos recherches pour nous passer de vous. Avouez et ce sera mieux pour tout le monde.

- Mais avouer quoi !

- Par exemple que vous vous êtes laissé emporter par votre fougue naturelle et que cette jeune étudiante s'est méprise sur vos intentions. Que surtout vous êtes prêt à faire amende honorable.

- Amende honorable !

- Oui, vous vous excusez et tout rentrera dans l'ordre. Dans quelques mois, rien ne vous empêchera de revoir discrètement cette belle journaliste. Comment s'appelle-t-elle déjà ?

- Poerava Morton.

- Je vous félicite. Vous avez très bon goût.

L'interphone l'interrompit, « Ah! c'est Nick Martins », puis se rasseyant:

- Restez Simmons, cela vous concerne ... Au fait ce Nick Martins n'a pas été aussi son amant ?

Jim n'eut pas le temps de répondre, Nick entrait au même moment. Il ne parut pas surpris de le trouver là et, très à l'aise, lui adressa un large sourire.

- Salut Jim ! Ravi de vous rencontrer.

Jim Simmons le regarda à peine, craignant de dévoiler ses sentiments. Il se sentait non seulement ridicule, mais avait du mal à contenir une colère sourde qui grondait en lui. Il était pourtant bien décidé à ne pas perdre son sang-froid devant ce fureteur de journaliste.

- Bonjour, monsieur Martins, dit-il sans se lever pour le saluer.

Le doyen fit alors signe à Nick de s'asseoir. Puis, les regardant tour à tour, il se pencha et demanda :

- Lequel de vous deux a entendu parler de cette Sheila Parkinson pour la dernière fois ?

- Sans doute le professeur, répondit aussitôt Nick railleur.

Les yeux inquisiteurs de l'éditeur en chef du *Sydney Post* dévisageaient à présent Jim sans retenue. Il semblait s'amuser énormément de l'embarras grandissant de celui-ci. Et comme pour augmenter encore sa gêne, il ajouta :

- Vous aviez rendez-vous avec elle, n'est-ce pas ?

- C'en est trop ! Toutes ces accusations sont intolérables. Et puis je m'étonne qu'un journaliste comme vous s'intéresse à de tels commérages!

Nick plissa les paupières.

- Allons, mon vieux, ne vous énervez pas comme ça. Cette petite veut vous piéger, c'est évident. Réagissez.

- Oui, expliquez-vous ! dit le doyen, le visage tendu par la curiosité.

- En vérité, je n'y comprends plus rien. Tout a basculé il y a dix jours avec cet exposé sur les grandes migrations.

- Les quoi ? demanda Nick s'agitant sur sa chaise.

- Les grandes migrations, celles des peuples d'Océanie de type polynésien. Sheila Parkinson devait faire un exposé avec deux de ses camarades. Cette fille est totalement entichée d'Océanie et je n'ai pas compris lorsqu'elle a subitement décidé de tout arrêter.

- Vous a-t-elle dit au moins pourquoi ? demanda le doyen un peu agacé.

- Non pas sur le moment. Mais plus tard, elle m'a appelé à mon domicile et je lui ai fixé rendez-vous à la bibliothèque.

- Et là, que s'est-il passé ?

- Il ne s'est rien passé pour la bonne raison que nous nous sommes manqués.

Le doyen se rejeta au fond de son fauteuil et soupira.

- Nous voilà bien avancés !

- Tout ça ne nous dit pas pourquoi elle raconte partout que vous l'avez harcelée, lança Nick.

Jim haussa les épaules d'un air las.

- C'est une folle.

Puis il ajouta en regardant Nick Martins d'un air soupçonneux.

- Mais vous, comment êtes-vous au courant ?

- Elle a téléphoné à la rédaction. Elle voulait en fait parler à mademoiselle Morton mais, en apprenant qu'elle avait été victime d'un accident, elle s'est mise à débiter des insanités et à raconter qu'il y avait un violeur à l'université qui attirait ses victimes dans des réunions secrètes.

Jim tressaillit légèrement. Cela n'échappa pas à l'œil pénétrant de Nick qui continua imperturbable :

- Ensuite elle a dit que Poerava Morton courait les plus graves dangers, qu'elle-même se sentait menacée et que le coupable était un professeur. Finalement elle a donné votre nom !

Les trois hommes se regardèrent perplexes laissant planer un silence lourd de sous-entendus. Soudain n'y tenant plus, Jim Simmons se leva, s'excusa auprès du doyen sidéré et sortit pratiquement en courant. Sans un mot, Nick Martins se précipita à sa suite.

CHAPITRE 24

Une fois dehors, Nick rattrapa Jim au vol et le retint par la manche.

- Il faut que je vous parle en privé ?

- Est-ce bien nécessaire ? rétorqua ce dernier d'un ton cassant.

- Absolument. Poerava est en danger.

Jim se figea, n'osant comprendre. Puis lentement, il se tourna vers Nick et le dévisagea. Pour la première fois, il eut le sentiment qu'il n'essayait pas de le tromper.

- C'est bon, suivez-moi, dit-il d'une voix qui se voulait ferme.

En silence, ils traversèrent le *Main Quadrangle*[9] pour se rendre dans le bâtiment où se trouvait le Département d'Ethnologie. Nick remarqua que tous les bureaux portaient le nom de leur occupant à l'exception d'un seul. « La salle de réunions des étudiants » lui dit Jim, devançant sa question.

Nick fit une grimace.

- Ils ne sont pas trop bruyants, au moins ?

- Non, ça va. Nos étudiants sont sérieux.

Puis, fourrageant maladroitement dans la poche de son manteau, Jim en sortit une clé et ouvrit la porte de son bureau.

---

[9] *référence à l'architecture des anciennes universités anglaises construites autour d'une place centrale où se concentraient les bâtiments administratifs*

- Entrez et installez-vous. Je vais vous chercher du café... Avec ou sans sucre ?

- Sans sucre.

- Tant mieux, car le sucre se fait rare ici, grogna-t-il.

Nick Martins s'assit et examina la pièce. Elle était petite mais claire. Tous les murs étaient tapissés d'étagères garnies de livres empilés les uns sur les autres. Nick sourit. Il n'y avait pas que lui qui était désordonné. Des dossiers traînaient sur le plancher. Des paquets de copies et de nombreux croquis encombraient le bureau.

L'un d'entre eux, maladroitement dessiné, attira son attention. Il représentait le corps trapu d'un homme à la large tête rectangulaire, les jambes courtes et les mains sur le ventre.

Il allait s'approcher pour regarder le dessin de plus près quand Jim entra, deux gobelets de café à la main.

- Désolé pour la présentation, mais c'est tout ce que j'ai à vous offrir. Nous n'avons même pas de cuillère.

- ça va aller, merci.

Puis sans transition, Nick enchaîna :

- Je suis désolé pour tout à l'heure, je ne voulais pas vous imposer cette humiliation. J'ai été maladroit, je le reconnais.

- Pourquoi vouliez-vous me voir ?

- Je voulais simplement avoir la possibilité de discuter d'homme à homme avec vous... Ne souriez pas, je connais votre méfiance à l'égard des journalistes et principalement vis-à-vis de moi. Mais il est temps de dépasser nos différends et d'unir nos forces.

- Alors pourquoi cette visite au doyen ?

- Parce que je pense que quelqu'un de l'université est mêlé à cette affaire.

Jim se raidit et dit sèchement.

- Vous m'accusez vous aussi ?

- Mais non ! J'essaie de comprendre.

- Vous avez une drôle façon de le faire, s'emporta Jim.

Et le regardant droit dans les yeux, il ajouta d'un air las:

- Tenez, je n'en crois pas un mot. C'est encore un tour de journaliste. Vous voulez des informations pour votre sacré journal et peu vous importe la réputation d'un professeur.

- Il n'en est rien. Il y a dans cette histoire trop de coïncidences troublantes et puis, je vous le répète, la vie de Poerava est peut-être en danger.

Jim le regarda et, de nouveau, eut le sentiment qu'il était sincère. Pourtant son instinct lui disait de ne pas lui faire confiance.

- Que savez-vous au juste ?

- Nous savons qu'elle a reçu un message téléphonique le jour même de son accident, qu'une jeune brancardière a été tuée et qu'une étudiante - probablement cette Sheila Parkinson car les descriptions concordent - a essayé de lui parler à l'hôpital. Nous savons également que Poerava était inquiète depuis plusieurs mois... Vous êtes son ami, vous avez sans doute des éléments qui pourraient tel un puzzle reconstitué nous éclairer.

Devant l'hésitation de Jim à répondre, Nick se leva et sortit de sa poche une cassette qu'il posa sur le bureau.

- Ecoutez-là et dites-moi ce que vous en pensez. C'est l'enregistrement du message qu'a reçu Poerava avant son accident...Je reviendrai demain.

Jim le regarda sortir, sans un mot, puis contempla un long moment la cassette. Pourquoi la jeune femme ne lui en avait-elle pas parlé ? Sa méfiance et sa jalousie se réveillèrent. Il pensa soudain à Joy. Aussitôt il s'en voulut et composa le numéro de téléphone de Poerava. Mais il n'y avait personne. Alors, il se décida à appeler Joy.

Elle était chez elle et se préparait à partir pour l'université. Elle comprit au son de sa voix que quelque chose n'allait pas.

Un quart d'heure plus tard, elle entrait dans son bureau.

CHAPITRE 25

Poerava allait frapper, lorsque la porte s'ouvrit. « Je vous attendais, entrez ! » Paul Dorval, en tenue décontractée, lui souriait.

Soudain intimidée, elle hésita sur le pas de la porte.

- Ma visite vous étonne peut-être, commença-t-elle.

- Pas du tout. Je savais que vous viendriez. Devant son étonnement, il lui expliqua :

- Samedi, j'ai senti chez vous un certain désarroi et c'est pourquoi je vous ai laissé mon numéro de téléphone. Je pensais d'ailleurs que vous alliez m'appeler le soir même. Mais vous avez préféré venir... Entrez, je vous prie.

Courtoisement, il s'écarta pour la laisser pénétrer dans la vaste suite qu'il occupait à l'Intercontinental et crut bon d'ajouter.

- Je suis l'invité d'une riche fondation, ce qui vous explique ce luxe ostentatoire.

- Je croyais que vous veniez en Australie pour une conférence à Sydney University ?

- Oui, mais l'un n'exclut pas l'autre.

Arrivé dans le vaste salon qui prolongeait l'entrée, il lui désigna le canapé d'un geste ample et lui fit signe de s'asseoir.

- J'ai fait monter une bouteille de champagne, en voulez-vous ? Poerava ne sut que répondre et, machinalement, prit le verre qu'il lui tendait.

- Trinquons à notre rencontre !

Elle acquiesça et but à petites gorgées, préparant mentalement ce qu'elle allait lui dire.

- J'ai quelques questions à vous poser... J'ai ...j'ai besoin de savoir...

Elle s'interrompit brusquement. Elle se sentait troublée. Son regard pénétrant posé sur elle l'empêchait de réfléchir.

Elle se leva et arpenta la pièce. Elle étouffait. Lui continuait de l'observer calmement, intensément. Au bout d'un long moment, il rompit le silence.

- J'ai fait un rêve étrange.

La jeune femme se figea comme sous le choc d'un fort courant électrique et le regarda.

- Qu'avez-vous rêvé ? lui demanda-t-elle l'estomac serré.

- J'ai rêvé d'une femme qui vous ressemblait et cela, avant même de vous rencontrer.

Poerava se mit à trembler et dut se rasseoir.

- Vous ne vous sentez pas bien ?

- Si, si. Cela va aller, merci.

Elle essayait de rassembler ses idées et surtout de calmer son angoisse. Il fallait qu'elle garde son sang-froid. Empêcher son mal de tête de revenir.

- Croyez-vous en la réincarnation ? l'entendit-elle lui demander dans un brouillard.

- Non, pourquoi ?

- Parce que deux êtres peuvent se croiser à différentes époques. Je crois que c'est notre destin de nous rencontrer de nouveau.

- De nouveau ?

- Oui, parce que c'est écrit dans les astres.

Elle ne fit pas un geste lorsqu'il s'assit à côté d'elle. Doucement, il pressa la paume de sa main contre son front. À chacune de ses pressions, elle sentait une force inconnue l'envahir et une immense sensation de paix monter en elle. Elle lui en fut reconnaissante et ferma les yeux, se laissant envelopper par cette douceur salvatrice.

Soudain, elle sentit une main, aussi légère qu'insistante, remonter le long de sa jambe. Elle rouvrit les yeux. Paul était tout près d'elle et la dévisageait.

- Je vous en prie ! bafouilla-t-elle affolée.

Faisant un effort visible sur lui-même, il se leva.

- Excusez-moi. Le corps est l'ennemi du mental et je

me suis laissé emporter. Cela ne se reproduira plus. Je vous en donne ma parole.

Poerava parut soulagée.

- J'ai des questions à vous poser.

- Je vous écoute.

Il s'assit en face d'elle et plongea son regard dans le sien.

- Nous avons tout notre temps.

Elle eut tout à coup l'impression étrange qu'il savait déjà tout d'elle et qu'elle ne pourrait rien lui cacher. Alors très calme, elle commença à parler.

CHAPITRE 26

Après le départ inexpliqué de Poerava, Jim avait essayé de lui téléphoner à plusieurs reprises. Mais à chaque fois, son répondeur se mettait en marche. Il lui avait laissé un message pour qu'elle le rappelle d'urgence et n'avait pas quitté son bureau de la journée.

À seize heures trente, il se décida à partir. Mais au moment où il rangeait ses papiers, un collègue déboula dans son bureau.

- Tu nous rejoins dans la salle des profs ? Tout le monde t'attend.

- Désolé, je dois m'en aller.

- Quoi ! Tu as oublié notre réunion !

- Je n'étais pas au courant, rétorqua Jim agacé.

L'homme se mit à rire.

- Ne me raconte pas d'histoires. Je devais même te reconduire chez toi.

Jim se rappela soudain qu'il avait prêté sa voiture à Poerava et siffla de contentement. Il tenait là le prétexte qu'il cherchait. Il allait ainsi, sans que son orgueil eût trop à en souffrir, pouvoir l'attendre chez elle.

- Ok. J'arrive, mais pas plus d'une heure.

En arrivant à la gare de Vaucluse, il faisait nuit. Jim prit un taxi et se fit conduire au 32 Pelican Street. Les maisons étaient toutes d'orgueilleuses bâtisses plantées dans un décor tropical. En cette période de l'année, les illuminations de Noël enrubannaient les façades et faisaient scintiller de façon surréaliste les jardins saupoudrés de neige carbonique.

À la différence des autres, la maison que partageait Poerava était plongée dans l'obscurité. Seule la lumière d'un réverbère éclairait l'extérieur. La grille en fer forgé était ouverte. Il s'engagea dans l'allée centrale bordée d'ifs impeccablement taillés et resta un instant à mi-chemin à examiner la maison. Comme chaque fois qu'il venait, il était impressionné par les proportions majestueuses du porche d'entrée et des hautes fenêtres.

Il jeta un regard circulaire dans le jardin et s'étonna de ne pas voir sa voiture dans l'allée latérale qui menait au garage. Et si elle n'était pas chez elle ? Cela expliquerait pourquoi elle ne lui avait pas téléphoné. Voulant en avoir le cœur net, il s'engagea dans l'allée.

En s'approchant du garage, il crut voir une faible lueur qui filtrait sous la lourde porte. Des bruits sourds venaient de l'intérieur. Il pensa tout de suite à Vaimiti, la co-locataire de la jeune femme. Il cogna. Les bruits cessèrent, mais personne ne vint ouvrir. Cette fois, Jim l'appela par son nom. Au bout d'un long moment, une voix à l'accent tahitien, lui répondit à travers la porte de métal.

- Que voulez-vous ?
- Je suis Jim Simmons. Ouvrez-moi, je vous en prie !
- Ah ! Un moment.

Jim entendit le mécanisme se mettre en route puis la lourde porte se souleva lentement. Vaimiti, en combinaison de travail, attendait de l'autre côté un chalumeau à la main.

- Je suis en train de travailler à ma nouvelle sculpture. Et le bruit est si intense...
- Où est Poerava ? l'interrompit Jim.
- Poerava ? La femme parut surprise. Elle m'a dit qu'elle avait laissé un message chez vous. Je vous croyais ensemble.

Avec une angoisse grandissante, Jim vit que la voiture de Poerava n'était plus dans le garage.

- Elle est sortie ? Et... où est ma voiture ?
- Elle a eu un léger accident hier.
- Mon Dieu ! s'exclama Jim. Elle n'est pas blessée ?
- Non, plus de peur que de mal. Elle est rentrée en taxi puis est ressortie ce matin avec sa voiture.

- Quelle heure était-il ?

- À peu près dix heures.

- Je peux rentrer donner un coup de fil ?

- Oui, bien sûr. Je vais vous ouvrir.

Ensemble ils se dirigèrent vers le porche d'entrée.

- Tiens, fit remarquer Vaimiti, elle a laissé son enregistreur.

- Faites voir ?

C'était bien l'enregistreur de poche de Poerava, qu'en bonne journaliste, elle avait toujours avec elle. Elle l'avait donc laissé intentionnellement.

- Je vais l'écouter, dit Jim. Il y a sûrement un message pour moi.

Au même moment, des pneus crissèrent sur les graviers de l'allée latérale et un cabriolet Mercedes, tous phares allumés, s'immobilisa devant le garage. « Poe ! » s'écria Jim. Mais son cri s'étrangla, lorsqu'il vit un homme et une femme descendre de la voiture.

L'homme était grand et élancé. Il soutenait Poerava qui marchait d'un pas hésitant. Dans la pénombre, Jim ne pouvait distinguer leur visage mais remarqua qu'elle s'appuyait de tout son poids sur l'homme qui avançait penché sur elle. Il eut envie soudain de s'en aller. Mais elle l'aperçut.

- Jim ! Enfin te voilà. Où étais-tu ?

Et sans attendre sa réponse, elle se dégagea et vint à sa rencontre.   Discrètement, l'homme resta en retrait.

- Je t'ai cherché partout... Il m'est arrivé des choses affreuses et ta voiture ...

- Je sais. Calme-toi.

Il passa un bras autour de ses épaules et l'aida à monter les marches du porche. Il la sentait tendue, fiévreuse. Sa main droite était à présent crispée sur la sienne et elle semblait s'y agripper telle une naufragée. Il tourna la tête et vit l'inconnu qui les suivait quelques pas en arrière.

- Qui est cet homme ? lui chuchota-t-il à l'oreille.

- Oh, mon dieu, j'ai oublié ! C'est ton ami Paul Dorval.

La surprise le cloua sur place.

- Paul Dorval ! répéta-t-il en écho.

Paul s'avança vers eux et, de l'air le plus naturel qui soit, salua Jim.

- Salut, vieux frère.
- Comment ... comment vous connaissez vous ?

Paul renversa la tête en arrière et éclata de rire.

- Tu ne vas pas le croire, mais nous nous sommes rencontrés chez toi !
- Quand ça ? demanda Jim incrédule.
- Il y a quelques jours... En vérité, j'avais confondu deux rendez- vous. Mais je ne m'en plains pas !

Poerava semblait perdue dans ses pensées et évitait de les regarder. Les traits tirés, les mains moites, elle se sentait à bout de force. Soudain elle fut prise d'un vertige et vacilla.

Les deux hommes se précipitèrent en même temps pour la soutenir.

Puis Paul, avisant un fauteuil en rotin sous le porche, fit signe à Jim de l'aider à y transporter la jeune femme et lui dit :

- Je crois que nous ferions mieux d'appeler un médecin.
- Non, ce n'est pas la peine. J'ai simplement besoin de repos, fit Poerava doucement. Puis elle ajouta en se tournant vers Jim : «peux-tu rester, ce soir ?»

Paul comprit qu'il était de trop et s'esquiva sans bruit. Jim Simmons souleva alors Poerava dans ses bras, poussa la porte d'entrée que Vaimiti venait d'ouvrir et pénétra à l'intérieur.

La maison était silencieuse. Il chercha à tâtons l'interrupteur et tout à coup le hall fut inondé de lumière. Il traversa lentement le rez-de-chaussée et gravit l'escalier qui conduisait à la chambre de Poerava.

Elle restait immobile, la tête lovée contre son épaule et semblait somnoler. En arrivant dans sa chambre, elle se redressa et lui sourit.

- Merci Jim. Laisse-moi maintenant, j'ai besoin de dormir.
- Tu es sûre que tu ne veux pas que je reste à côté de toi jusqu'à ce que tu t'endormes ?
- Mais non ! Je suis tout à fait rassurée, je sais que tu montes la garde dans la chambre d'à côté.

- Si tu n'y vois pas d'inconvénient, je dormirai dans le salon.

« Comme tu veux ». Elle étouffa un bâillement et s'étira. « Dieu que j'ai sommeil ! » Elle se déshabillait déjà quand Jim referma la porte derrière lui. Il prit un oreiller et une couverture dans la chambre d'amis et descendit dans le salon. Puis il s'allongea sur l'un des canapés et s'endormit immédiatement.

Dans sa chambre, Poerava ne dormait pas. Elle repensait à sa journée et essayait d'y trouver un sens. Son accident de voiture, sa visite chez Paul Dorval et l'inexplicable attraction qu'il exerçait sur elle la perturbaient. Sa vie était devenue tellement confuse. Elle était heureuse de la présence de Jim dans la maison et en même temps elle avait besoin d'être seule pour réfléchir et se retrouver. Ou plutôt retrouver son passé. Elle se demanda pourquoi elle tenait tant à remuer le passé.

Elle glissa dans le sommeil sur cette pensée et fit un rêve déconcertant. Une silhouette sans visage, revêtue d'une immense cape blanche, lui tendait les bras. Chaque fois qu'elle s'approchait, elle disparaissait avec un rire strident qui lui meurtrissait les tympans. On aurait dit un pantin qui jouait avec ses nerfs.

Poerava se réveilla en sursaut à une heure du matin. Angoissée, elle garda les yeux ouverts dans la nuit et écouta les bruits de la maison.

Le silence lui parut si pesant qu'elle se leva. Elle descendit dans le salon et entendit le souffle régulier de Jim.

Elle l'appela doucement.

Il ne bougea pas. Il dormait profondément. Son visage aux traits fins et réguliers était paisible comme celui d'un enfant. Elle se laissa attendrir et déposa un baiser sur son front.

Jim se réveilla aussitôt et regarda autour de lui. Quand il la vit, il poussa un profond soupir de soulagement.

- Tu m'as fait peur ! ça ne va pas ?
- J'ai fait un drôle de rêve.

Il se rallongea et la regarda avec intensité.

- Raconte-moi.
- Un peu le même rêve que l'autre soir, mais moins

effrayant. Tu sais cet homme en blanc dont je ne vois pas le visage.

- Oui, oui. Continue !

- Il semble vouloir m'aider. Il me tend les bras. Puis il disparaît. Mais c'est surtout ce bruit ! Un bruit assourdissant, un peu comme celui de la moto qui m'a renversée l'autre jour. Tu crois que cela veut dire quelque chose ?

Jim ne répondit pas. Poerava continua.

- Le pire c'est que j'ai l'impression de le connaître...d'avoir fait partie de sa vie. Je ne comprends pas et j'ai peur... Jim ?

Elle le regarda plus attentivement et se rendit compte qu'il s'était rendormi. Avec un soupir, elle se leva, arrangea son oreiller et remonta dans sa chambre.

CHAPITRE 27

En entrant dans le salon le lendemain matin, Poerava trouva Jim debout près d'une fenêtre qui observait d'un regard absent l'allée de gravier. Il se retourna. Il avait les yeux cernés comme s'il avait passé une nuit blanche et un pli profond lui barrait le front.

- Qu'y a-t-il, Jim, tu as mal dormi ?

Il ne répondit pas et s'assit.

La lumière matinale éclairait faiblement la pièce. Un rayon jaune pénétrait par les hautes fenêtres et faisait danser des grains de poussière qui hachuraient l'espace entre eux.

- J'ai beaucoup réfléchi, cette nuit.

- Ah oui ! fit-elle railleuse.

- Pourquoi te moques-tu ?

- Parce que quand je suis descendu à une heure du matin, tu dormais profondément.

- Qu'y a-t-il de mal à ça ?

- Rien, sauf que tu ne semblais pas particulièrement tourmenté. Tu t'es même endormi au milieu de mes explications.

Jim fronça les sourcils.

- Ne détourne pas la conversation, Poerava. Je te parle d'un problème grave.

- Lequel ?

- Nous.

Un éclair malicieux dansa dans les yeux de la jeune femme.

- Oh, oh ! Te voilà bien sérieux pour un vendredi. Je ne travaille pas et toi tu n'as que deux heures de cours. Nous avons l'après- midi et le week-end pour nous. Que veux-tu de plus ?

- Tu oublies ton départ précipité et ton accident ?

- Tu sais très bien que mon départ de chez toi n'a rien à voir avec nous deux. Je te l'ai déjà dit.

- Et que vient faire Paul Dorval dans tout ça ?

Son regard s'affola une fraction de seconde, puis prit une expression butée qu'il ne lui connaissait pas.

- Je ne désire pas en parler. C'est tout.

- C'est très rassurant ! s'exclama Jim rageur.

Elle se rapprocha de lui et lui mit la main sur l'épaule.

- Ecoute...

Il leva les yeux sur elle et attendit. Un mur d'incompréhension semblait à présent les séparer.

- Fais-moi confiance, balbutia-t-elle d'une voix mal assurée.

Il n'avait pas bougé et la regardait fixement. À son tour, elle s'assit en face de lui.

- Depuis mon premier accident, il m'arrive des choses étranges. J'ai des maux de tête, des vertiges. Je fais toujours le même rêve. J'ai besoin de comprendre ce que cela veut dire.

- Je suis là pour t'aider, fit-il doucement.

- Non Jim. Tu ne peux pas m'aider. En tout cas pas de la façon dont tu l'entends : en me posant toutes sortes de questions ou en étant jaloux.

- Alors dis-moi comment ?

Elle haussa les épaules. Sa sollicitude l'ennuyait. Pourquoi se comportait-il toujours comme si elle était une petite fille ? Elle avait sa carrière et savait ce qu'elle faisait. Elle eut soudain envie de le blesser.

- Laisse-moi simplement régler mes problèmes toute seule.

- C'est bon, inutile de me faire un dessin. J'ai compris. Je suis le type qu'on siffle quand on a besoin de lui.

- Non. Tu n'as rien compris. J'ai besoin de ta présence, mais...

Il l'interrompit brutalement.

- Tu veux être libre de t'afficher avec n'importe quel beau gosse.

- Je croyais que Paul Dorval était ton ami ?

- Il l'était en effet, jusqu'à aujourd'hui.

Elle se leva et prit sa respiration.

- Je ne sais pas pourquoi je suis allée le voir. J'avais sans doute besoin de parler à quelqu'un, quelqu'un qui ne me connaissait pas mais qui pouvait me comprendre... Je ne veux pas retourner à l'hôpital.

Sa voix se brisa.

- Paul m'a écoutée longuement et m'a conseillée de participer à des séances de thérapie de groupe. Des amis à lui qui se réunissent à Sydney, New York et Auckland... Tu peux comprendre cela, n'est-ce pas ?

Jim hocha la tête, mais resta muré dans son mutisme.

- Paul m'a convaincue de faire partie de son groupe et de commencer des séances de régression dans le passé. Je dois dire qu'il m'a beaucoup impressionnée.

Elle le regarda avec appréhension, guettant sa réaction.

Jim avait de nouveau l'air absent. Ses yeux erraient dans la pièce comme à la recherche d'un point d'ancrage. Il se passa plusieurs fois la main dans les cheveux en un geste familier et évita son regard.

Poerava soupira. Elle regrettait de l'avoir blessé. Elle continua cependant.

- Paul Dorval est un être d'exception. Avec lui, je me sens capable de plonger au plus profond de mon inconscient. Sa seule présence me rassure. J'ai l'impression de l'avoir toujours connu.

Jim fit un geste d'impuissance.

- Il a des dons incontestables, je t'assure et il peut m'aider.

- Es-tu certaine qu'il ne s'intéresse pas à autre chose ? Qu'il ne profite pas de ta vulnérabilité ?

- Mais non, Jim. C'est ta jalousie qui t'égare.

- Espérons. En tout cas, je constate que tu n'as plus besoin de moi.

- Au contraire, Jim ! J'ai besoin de toi plus que jamais. Reste, je t'en prie.

Poerava sentit que Jim hésitait.

- Voilà ce que je te propose, dit-elle en se rasseyant. Après ton cours, nous irons manger une langouste au *Crazy Skipper*, puis nous passerons le week-end à la maison, au bord de la piscine. Qu'en penses-tu?

Puis, sans attendre de réponse, elle ajouta :

- Dès lundi, je me remets à mon enquête. Je l'ai promis à Nick. Alors en attendant, profitons-en !

CHAPITRE 28

À onze heures précises, Paul Dorval pénétra à l'intérieur de l'Intercontinental. À part quelques touristes agglutinés à la réception, le hall était désert. Il se dirigea rapidement vers les ascenseurs. Il était sûr que personne ne l'avait remarqué. Il monta au douzième étage et suivit un interminable couloir jusqu'à la chambre de la contessa.

Devant sa porte, il hésita un instant. Il pressa contre lui une petite serviette en cuir, l'ouvrit d'une main nerveuse et en sortit le stylet d'argent finement ciselé qu'il ne quittait jamais. Il le contempla pensivement puis le glissa dans la poche de sa veste. Il fallait en finir. Tenant toujours serré contre lui sa serviette en cuir, il frappa à la porte.

La contessa Luciana ouvrit. Elle était vêtue d'une robe stricte et ne portait aucun bijou. Ses cheveux étaient retenus en un lourd chignon qui lui donnait un air sévère. En la voyant, il tressaillit malgré lui et, quand elle voulut l'embrasser, il se recula brutalement.

- Qu'y a-t-il, *caro mio* ?

Il passa une main sur son front.

- Rien, fit-il d'une voix sourde.

- Alors, viens ! Je veux te faire voir quelque chose.

Elle lui prit la main et l'entraîna dans sa chambre.

- Regarde. Tu voulais des photographies, en voilà !

Sur le lit, étaient étalés de vieux clichés à l'aspect déjà vieilli. Sur l'un d'entre eux, il reconnut la contessa et sa mère. Les deux jeunes femmes étaient à Venise, debout près d'une fontaine, se tenant par la main comme deux collégiennes. Elles souriaient à la caméra, provocantes de jeunesse et de beauté. La brune et la blonde. A côté d'elles se tenait un homme.

- Ton père ! fit la contessa d'un air méprisant.

Elle lui montra ensuite un autre cliché pris quelques années plus tard. Il les représentait sur un divan, serrées l'une contre l'autre.

- C'est ma photographie préférée. Elle était si belle et si fragile.

Paul regarda fixement la photographie. Sa mère avait déjà le regard triste et résigné qu'il lui avait toujours connu. Devinant sa pensée, la contessa enchaîna aussitôt :

- Ton père la battait et l'empêchait de sortir. Mais elle venait quand même se réfugier chez moi. Nous étions de si bonnes amies malgré nos différences de situation et je la protégeais, souvent malgré elle.

Paul se rappela confusément des allusions entendues dans son enfance, des soupirs, des conversations qui s'arrêtaient à son arrivée. Il chassa l'image de sa mère et de la contessa. Mais d'autres souvenirs resurgissaient.

Des perles de sueur glissaient doucement le long de ses tempes et il dut s'appuyer contre le lit pour ne pas tomber. Soudain il eut la nausée et se précipita dans la salle de bains. Quand il revint dans la chambre, la contessa pleurait silencieusement.

- Quand elle est morte, j'ai reporté toute mon affection sur toi. Tu étais jeune et désemparé à l'époque. Ensuite, les choses ont changé. Tu es devenu un homme et je t'ai appris la vie. Ton père me détestait.

Elle étouffa un sanglot et le regarda, les yeux larmoyants.

- Paolo !

Il ne broncha pas.

- Paolo, répéta-t-elle d'une voix plus forte.

Il s'avança vers elle et posa ses deux mains sur son cou palpitant. La contessa ferma les yeux.

- Elle était si malheureuse et j'étais sa seule consolation.

Il eut envie de serrer, serrer très fort, mais se retint. Pas maintenant. Il devait maquiller son crime en accident.

- Luciana, murmura-t-il.

- Oui.

- Jouez-moi du piano. Comme autrefois.

Elle parut surprise puis son visage s'éclaira d'un large sourire.

- Oui, oui.

Ses yeux, encore embués de larmes, débordaient de gratitude et son cœur battait à grands coups. Alors, perdant tout contrôle sur elle-même, elle lui saisit les deux mains et les baisa convulsivement.

Paul les retira d'un geste vif et recula d'un pas. Il était agacé par cette démonstration d'affection à laquelle il ne s'attendait pas. La contessa était vraiment grotesque. Elle risquait de lui compliquer la tâche. Il devait faire vite.

Il planta son regard dans le sien et s'avança vers elle, l'obligeant à reculer. Une joie sauvage le gagnait en pensant qu'elle était enfin à sa merci. Finis les caprices et les faux-semblants, finies les nuits interminables passées auprès d'elle. Finie la honte.

Il allait enfin se venger et venger sa mère.

Il l'étudia froidement. L'air égaré, elle reculait se cognant aux meubles. Sa respiration était saccadée. Elle ressemblait à une diva désespérée acculée au suicide. Oui c'était ça, acculée au suicide. Il ricana et continua d'avancer, la forçant toujours à reculer. Le piano à queue trônait dans le vaste salon près de la baie vitrée. Paul remarqua qu'elle était entrouverte. Le rebord était bas.

- Contessa Luciana, je vous ai toujours détestée.

Elle porta la main à sa gorge et essaya de parler. Mais aucun son n'en sortit.

- Vous allez mourir, contessa, pour tout le mal que vous avez fait à ma mère et à moi. De pauvres métis, disiez-vous à vos amis condescendants, méprisables et corvéables à souhait …

Elle ouvrit la bouche pour aspirer une bouffée d'air, jeta un regard désespéré à la fenêtre. Puis comme si elle avait compris ses intentions, elle le supplia du regard.

En guise de réponse, il ouvrit la baie vitrée et lui montra le vide au-dessous d'elle.

- Mais avant, je vous ai rapporté un objet.

Il sortit de sa poche le stylet en argent. Les yeux de la

contessa s'agrandirent de terreur et elle poussa un cri aigu. Surpris, Paul essaya de la faire taire mais ses cris redoublèrent. Il l'empoigna à bras le corps et lui tordit un bras. La douleur la paralysa.

- Soyez raisonnable, contessa, comme le petit garçon à qui vous appreniez le stoïcisme, il y a bien longtemps. Vous vous rappelez ?

Elle hocha la tête.

- Cela ne fait pas mal, me répétiez-vous.

Au même moment, il appuya le stylet sur l'épaule dénudée de la contessa. Luciana Di Toso battit des paupières et émit un faible gémissement. La lame s'enfonça lentement. Des gouttes de sang perlèrent à la surface de la peau frémissante.

- Un garçon ne doit pas avoir peur du sang et ne doit jamais se plaindre !... Vous voyez, j'ai bien retenu ma leçon, n'est-ce pas ?

La pointe effilée du poignard s'enfonça plus profondément, fouillant cette fois la chair. La souffrance fut telle que la contessa s'arc-bouta et laissa échapper un cri plaintif.

- Attention ! À chaque cri, la lame pénétrera plus profondément... C'était la règle, non ?

D'une pression énergique, Paul la maintint fermement dans la même position et fit glisser doucement la lame en direction du cou, creusant avec délectation un sillon écarlate.

Les traits déformés par la peur, la contessa suffoquait. Elle était prisonnière de son silence. Les yeux révulsés, les lèvres pincées, elle luttait pour ne pas crier. Soudain, elle eut un sursaut de révolte.

- Non, cria-t-elle.

- Ah ! Mais ce n'est pas terminé.

- Au nom du ciel, arrête, je t'en supplie !

Paul Dorval plongea le fil tranchant de la lame plus avant dans la chair meurtrie et la laboura avec un soin sadique. Le corps se raidit sous un spasme, puis s'affaissa. Calmement Paul dessina une ligne brisée jusqu'à la racine du cou et la termina en forme de T - rappel du tiki clanique de ses ancêtres polynésiens.

Une fois sa besogne achevée, il redressa le corps,

l'appuya contre le rebord de la baie vitrée et le fit basculer à l'extérieur.

La contessa à demi inconsciente glissa par la fenêtre. Froidement, il la regarda s'écraser sur le trottoir douze étages plus bas.

Personne ne l'avait vu.

Rapidement, il referma la fenêtre et inspecta la pièce. Tout était parfaitement en ordre et il n'y avait aucune trace de sang, ni sur le rebord de la fenêtre ni dans le salon.

Le stylet à la main, il se dirigea vers la salle de bains pour le rincer. Il était poisseux. Puis il s'arrêta dans la chambre pour prendre les deux photographies représentant sa mère et la Contessa. Sa serviette en cuir était restée sur le lit. Il la prit et y rangea soigneusement le poignard et les photographies. Il était satisfait.

Sans bruit, il ouvrit la porte, vérifia que le couloir était désert et sortit. Il se hâta vers les ascenseurs de l'étage, pressa le bouton d'appel et attendit. Immédiatement, un ascenseur s'arrêta. Il le prit. Il n'y avait personne à l'intérieur. Il avait de la chance. Il consulta sa montre : il était onze heures trente-cinq.

Dans le hall de l'hôtel, un bourdonnement de voix emplissait l'air. Venant du centre-ville, les sirènes d'une ambulance et de plusieurs voitures de police se rapprochaient. Un attroupement s'était déjà formé autour du corps disloqué de la contessa. Il pressa le pas et gagna sans encombre la sortie donnant sur Macquarie Street.

Dehors, il entendit encore des crissements de pneus, des claquements de porte. La police arrivait sur les lieux. Il longea l'hôtel, puis tourna dans Bridge Street. C'est alors qu'il aperçut un taxi. Il le héla, s'engouffra dans la voiture et se laissa tomber avec soulagement dans le siège. « Sydney University, s'il vous plaît » dit-il. Il devait parler à Joy Hoggins.

CHAPITRE 29

Lorsque Jim arriva à l'université pour donner son cours sur les migrations océaniennes, Nick l'attendait, le visage grave. Avant même que Jim n'ait eu le temps d'ouvrir la bouche, il lui demanda :

- Alors, vous l'avez écoutée ? Qu'en pensez-vous ? On peut se voir tout de suite ?

- Désolé, mais j'ai cours. Attendez-moi dans mon bureau dans une bonne heure.

Nick Martins le regarda, stupéfait :

- Une bonne heure ! Mais vous n'y pensez pas ! Je n'ai pas que ça à faire !...Vos étudiants peuvent attendre.

- Je suis vraiment désolé, mais c'est impossible.

- Ecoutez Jim Simmons, vous commencez à m'emmerder avec vos grands airs et il est temps que vous redescendiez sur terre.

Jim le toisa et rétorqua froidement.

- Vos menaces n'y changeront rien, je dois y aller.

Incapable de se contrôler davantage, Nick lui barra le chemin. Puis il l'empoigna par le revers de sa veste et, son visage touchant presque le sien, se mit à hurler frénétiquement.

- Maintenant vous allez faire ce que je vous demande ou vous allez le regretter.

Alertés par le bruit, les étudiants étaient à présent presque tous dans le couloir. Ils regardaient avec curiosité la scène sans comprendre. Certains ricanaient, mais la plupart étaient gênés et se demandaient quelle attitude adopter. Nick les tira vite d'embarras en relâchant Jim.

- Excusez-moi, bafouilla-t-il, je suis désolé de m'être laissé emporter de cette manière. J'admets que c'est inadmissible.

Jim remit son revers en place et, sans même le regarder, entra dans la salle de classe. Nick Martins resta plusieurs minutes, les bras ballants, ne sachant que faire. Il allait partir quand, à sa grande surprise, il vit Jim ressortir et se diriger vers lui.

- Allons-y !

- Que me vaut ce brusque changement d'humeur ? demanda-t-il d'un ton grinçant.

- Surtout ne recommencez pas et épargnez-moi vos sarcasmes.

- Ok. C'est compris.

Les deux hommes quittèrent le bâtiment et traversèrent en courant le campus. Il pleuvait. Une pluie drue les enveloppait d'un rideau d'humidité.

Arrivé dans son bureau, Jim se tourna vers Nick :

- Je dois vous avouer quelque chose. Je n'ai pas eu le temps d'écouter la cassette attentivement.

- Quoi ! Vous vous foutez de moi ?

- Calmez-vous, je vais vous expliquer. Après votre départ, l'un de mes collègues est venu me chercher pour participer à un jury.

À cet instant, l'image de Joy s'imposa à lui dans toute sa force. Il n'aimait pas mentir, mais s'y sentait contraint. Gêné, il se détourna et enleva sa veste dégoulinante de pluie. Il fit signe à Nick d'en faire autant et lui tendit une chaise.

- Vous comprenez, continua-t-il, c'est l'époque des examens !

S'asseyant à son tour en face de lui, Jim Simmons ouvrit fébrilement tous les tiroirs de son bureau. Les sourcils froncés, il semblait contrarié et cherchait apparemment quelque chose.

- Et maintenant qu'est-ce qu'on fait ? demanda Nick perdant de nouveau patience.

- Eh bien, on écoute la cassette ! L'ennui c'est que je ne retrouve pas mon magnétophone.

Nick Martins fit un effort sur lui-même pour ne pas exploser. Ce diable de professeur le mettait hors de lui. De qui se moquait- il ? Voulait-il gagner du temps ou était-il simplement très distrait. Un cri le tira de ses réflexions.

- Ça y est, je l'ai retrouvé !

Nick poussa un soupir de soulagement. Enfin on avançait. Sans trop y croire, il espérait beaucoup de sa collaboration avec Jim. Depuis que Jack lui avait triomphalement remis la cassette il y a 2 semaines, Nick l'avait écoutée des dizaines de fois. Sans succès. Alors à bout de ressources, il avait pensé à Jim Simmons. Il était après tout, et Poerava le lui avait assez répété, professeur d'ethnologie spécialiste des peuples de l'Océanie. Il était même versé à ses heures dans les sciences occultes ! Si lui ne pouvait pas l'aider, qui pourrait le faire ? C'était en tout cas, sa dernière chance de rester à la tête du *Sydney Post* et il était bien décidé à ne pas la laisser passer.

- Bon, vous y êtes ? J'y vais.

Jim mit la cassette dans le magnétophone, pressa le bouton d'écoute et fixa l'appareil comme pour mieux se concentrer. Une voix d'homme, déformée par le grésillement de l'enregistrement, retentit soudain. «Te......atu......Les purs réunis à la nature...(silence) Mata.........ténèbres (nouveau silence) offrandes...... proche... ».

Le visage de Jim se contracta. Rembobinant la bande, il réécouta la cassette une seconde fois.

- Je n'arrive pas à y croire ! s'exclama-t-il enfin. De la pure divagation d'étudiant et, en plus, inaudible, incompréhensible et sans aucun sens.

- Que savez-vous sur Sheila Parkinson ? lui demanda Nick à brûle-pourpoint.

Surpris, Jim marqua un temps d'arrêt. Il réfléchit un instant, cherchant une échappatoire.

- Répondez franchement, Jim. C'est dans votre intérêt.

Agacé, Jim Simmons se mordit les lèvres. Il n'aimait pas la façon qu'avait Nick Martins de lui donner des leçons. Et encore moins de vouloir le protéger ou de le tirer d'affaire. Il aurait aimé le mettre dehors, mais la cassette l'intriguait. Et puis il y avait Poerava qui était peut-être en danger. Mieux valait coopérer ou tout du moins faire semblant.

- C'est une de mes étudiantes, répondit-il à contrecœur. Elle avait un comportement tout à fait normal jusqu'à ce qu'elle annule son exposé.

- Et c'était quand ?

- Attendez voir... Ah oui, je me souviens ! C'était le 20 novembre exactement.

- Vous êtes sûr ?

- Oui, pourquoi ?

- Parce que, je vous rappelle, que c'est le jour de l'accident de Poerava. Drôle de coïncidence, vous ne trouvez pas ?

Jim hocha la tête, pensif. Une phrase lui revenait en mémoire. « N'en parlez à personne » lui avait répété plusieurs fois l'étudiante au téléphone. Pourquoi ce mystère? Et où se cachait-elle maintenant ?

Il allait parler, mais préféra se taire.

- Et l'avez-vous recontactée ? continua Nick.

- Le soir même. Elle voulait me voir chez moi, de toute urgence. J'ai évidemment refusé et je lui ai fixé un rendez-vous pour le lendemain matin, à la bibliothèque de l'université.

- Pourquoi l'avez-vous manquée ?

- Parce que j'avais mieux à faire...ça vous suffit, monsieur le policier ?

- Non, ça ne me suffit pas, monsieur le professeur. J'essaie de comprendre le lien entre Sheila Parkinson, cette université et Poerava. Je suis persuadé qu'il y en a un. J'espérais votre coopération, mais je m'aperçois que je me suis trompé.

Nick Martins se leva. Au moment de quitter la pièce, il s'arrêta sur le pas de la porte et tendit à Jim sa carte de visite.

- Je vous laisse la cassette. Appelez-moi quand vous voulez mais sachez que la vie de Poerava est en danger.

CHAPITRE 30

Quand le taxi le déposa devant l'immeuble de Joy, Paul Dorval avait repris tous ses esprits. Il monta d'un pas alerte les trois étages qui menaient au petit appartement de la jeune femme.

Le palier était sombre. Il fut contrarié de constater qu'il n'y avait aucun nom inscrit sur les portes. Au hasard, il sonna à la première. Il n'y avait personne. La suivante s'ouvrit sur une femme entre deux âges.

- Excusez-moi madame, je cherche Joy Hoggins.

- Ah, Joy ! Elle est partie, il n'y a pas une heure, en week-end avec des amis.

Paul réfléchit. Elle était sûrement en route pour préparer leur réunion. Il la verrait donc plus tard. Dans l'immédiat, il fallait qu'il se débarrasse des pièces compromettantes en sa possession.

- Pourriez-vous lui remettre cette serviette en cuir, s'il vous plaît. Vous comprenez c'est très important. Elle en a besoin pour ses cours.

La femme opina de la tête.

- Bien sûr, monsieur.

Puis méfiante, elle ajouta.

- À qui ai-je l'honneur ?

Paul la toisa dédaigneusement et esquissa un sourire crispé.

- Je suis l'un de ses collègues. Cela vous suffit-il ?

- Tout à fait... Entrez quelques minutes. Nous serons mieux pour causer. Je suppose que vous avez des instructions à me donner.

Paul entra dans le deux-pièces aux murs défraîchis qu'elle occupait seule avec un gros chat. Une forte odeur imprégnait la pièce. Il refusa de s'asseoir dans le canapé qu'elle lui désigna et préféra rester debout. Il ouvrit la serviette et, d'un coup d'œil, fit l'inventaire de ce qu'elle contenait : le poignard et les deux photographies de la contessa étaient là ainsi que son carnet d'adresses et un dossier sur les membres du Petit Cercle destiné à Joy. Il retira d'abord le carnet d'adresses qu'il fourra prestement dans sa poche et prit le dossier. Puis, il ferma la serviette à clé.

- C'est du très beau cuir, fit-elle en le caressant d'une main. Cela doit coûter cher ?

Paul ne répondit pas. Il avait envie de partir. Cette odeur l'incommodait et cette femme devenait curieuse.

- Pardonnez-moi d'insister, continua-t-elle, mais pourriez-vous me laisser votre nom ? On n'est jamais trop prudent de nos jours. Furieux, il se dirigea vers la sortie.

- Jim Simmons, lança-t-il par-dessus son épaule.

Dans la rue, il se demanda pourquoi il avait donné le nom de Jim. C'était stupide. Il se hâta vers la grande avenue à la recherche d'un taxi.

Il n'avait pas l'intention de retourner à son hôtel, mais plutôt d'aller déjeuner à l'hôtel voisin. Le maître d'hôtel était néo-zélandais et ils avaient tout de suite sympathisé. Il se souviendrait de lui, si jamais on l'interrogeait. Évidemment Paul s'arrangerait pour glisser dans la conversation qu'il y avait passé la matinée à lire son journal. Personne ne l'avait vu sortir de l'Intercontinental et il ne doutait pas un seul instant que son compatriote jurerait l'avoir vu toute la matinée.

Paul attrapa au vol un taxi en maraude et s'y engouffra avec soulagement. Dans la voiture qui roulait en direction du centre, il pensait déjà au bon repas qu'il allait faire. Soudain, son regard se voila. On ouvrirait probablement une enquête de routine. Il était peu vraisemblable que la police pense à lui. Sa serviette en cuir était en sécurité avec Joy et dans une semaine, il serait de nouveau à Auckland.

Pauvre contessa. Le corps disloqué, les vêtements en désordre et tachés de sang, son beau visage écrasé par la chute. Tout ce qu'elle détestait. Elle l'avait pourtant bien cherché. Année après année, il avait essayé de lui faire comprendre qu'il ne supportait plus sa tyrannie, qu'elle lui faisait horreur. Pourtant à chaque fois, il retombait sous sa dépendance.

Maintenant il était tranquille. Il était libre et il avait vengé sa mère. Quand le taxi s'arrêta devant l'hôtel, il dut faire répéter plusieurs fois au chauffeur le prix de sa course. Il avait du mal à comprendre son accent étranger. Il se sentait tout à coup exténué.

Il entra dans la salle de restaurant et le maître d'hôtel le reconnut immédiatement. Comme il l'avait prévu, ils échangèrent des paroles amicales et plaisantèrent sur les Australiens décidément trop américanisés. Puis, il s'esquiva discrètement après avoir pris sa commande.

Paul savoura chaque bouchée de son déjeuner. Le vin l'apaisa et fit couler dans ses veines un flot d'énergie. À la fin du repas, il avait retrouvé le calme et la détermination dont il avait besoin pour mener à bien ses projets. Débarrassé de la contessa, il allait pouvoir donner enfin toute sa mesure. Il serait bientôt le maître de la Fondation Smith.

Il y avait aussi Poerava Morton. Il l'avait retrouvée par hasard. Mais elle, l'avait-elle reconnu ? Et saurait-elle comprendre le rôle qu'elle avait à jouer ? Il en doutait parfois. Il sortit de sa poche une coupure de journal qu'il regarda intensément. Puis il soupira. Paul allait maintenant jouer son va-tout.

Il régla l'addition, fit un petit signe au maître d'hôtel et sortit.

CHAPITRE 31

Depuis sa rencontre avec Paul Dorval, Poerava Morton dormait de plus en plus mal. Elle ne cessait de repenser aux événements qu'elle avait vécus récemment et s'obstinait à y chercher une signification. Son passé, si longtemps enfoui dans les ténèbres de sa mémoire, refaisait surface et semblait lui indiquer la voie à suivre. Croyant en la puissance des rêves prémonitoires, Poerava sentait que le moment était proche d'abandonner toute résistance et de se laisser guider vers la lumière.

Cette nuit-là, elle s'était finalement endormie vers deux heures du matin et avait fait le même rêve. Cette fois, l'homme en blanc s'avançait vers elle. Au moment où elle allait distinguer son visage, ses traits se brouillèrent. Ce rêve se confondit bientôt avec un autre. Le visage de Paul Dorval était penché sur elle et lui souriait. Il lui parlait dans une langue polynésienne qu'elle ne comprenait pas et tenait à la main un objet qu'elle ne pouvait distinguer.

Elle se réveilla, trempée de sueur. Des questions sans réponses la tourmentaient. Que venait faire Paul Dorval dans son rêve, cet homme qu'elle ne connaissait pas, il y a encore un mois ? Pourquoi ce cérémonial? Elle chercha vainement le lien qui pouvait exister entre ses deux rêves. Ne trouvant pas de réponse, elle se leva. Ses muscles lui faisaient mal. Elle alla dans la salle de bains et fouilla dans son armoire à pharmacie à la recherche d'un calmant. Elle ne trouva que quelques tubes de somnifères vides et une boîte d'aspirine. Elle décida alors de se faire couler un bain très chaud pour détendre ses muscles noués par la tension nerveuse. Elle était contrariée à l'idée d'aller au journal.

Le bain lui fit du bien. Elle se maquilla avec soin et choisit une tenue flatteuse. Satisfaite, elle contempla longuement l'image que lui renvoyait son miroir. Puis elle descendit dans la cuisine prendre un rapide petit-déjeuner avant d'aller chercher sa voiture. Sur le siège passager, Poerava eut la surprise de trouver une enveloppe à son nom. Fronçant les sourcils, elle s'installa au volant les yeux rivés sur le siège. Puis après avoir hésité quelques secondes, elle prit l'enveloppe et la décacheta nerveusement.

À l'intérieur se trouvait une coupure de journal célébrant les vingt ans du *Sydney Post*.

L'événement remontait à quelques mois. Cinq mois peut-être. Un gros-plan la représentait à côté de John Knox, très belle dans une robe du soir largement décolletée. Ce soir-là, elle avait osé porter, pour la première fois, le pendentif en os gravé qui lui venait de sa famille. Elle se souvint que la photographie avait fait le tour de la rédaction et qu'elle était aussi parue dans *Vogue*. Cela lui avait d'ailleurs valu quelques solides inimitiés et plusieurs invitations à des soirées mondaines.

Mais qui avait déposé l'enveloppe ? Et dans quel but? Elle se jura de tout faire pour le savoir.

Poerava arriva au journal à neuf heures et se dirigea immédiatement vers le bureau de Nick. Elle fut surprise de constater qu'il n'était pas encore arrivé. Susan, sa secrétaire, l'accueillit un large sourire aux lèvres.

- Bonjour, mademoiselle Morton ! Contente de vous revoir saine et sauve. Vous voulez un café ?

- Excellente idée. Je me sens un peu nerveuse, ce matin.

Elle s'assit dans l'un des larges fauteuils qui constituaient le secrétariat de Nick Martins et attendit.

Susan apporta le café et s'installa derrière son ordinateur. Poerava en profita pour se détendre et penser à autre chose. À son enfance insouciante à Tahiti. À ses jeux en bord de lagon avec ses frères et sœurs. Soudain elle se revit à quinze ans, déjà tiraillée entre son mode de vie traditionnel polynésien et son désir violent de faire partie du monde des *Popa'a*[10].

La sonnerie du téléphone la tira brutalement de ses rêveries.

« C'est pour vous » lui dit la secrétaire en lui tendant le combiné. « Monsieur Martins » ajouta-t-elle d'un air cérémonieux.

- Allô, Nick ! Je croyais que nous avions rendez-vous à neuf heures?... C'est bon, je te rejoins.

Elle reposa le combiné, remercia la jeune femme d'un sourire et sortit.

En entrant dans le bureau de Jack, Poerava comprit que Nick lui avait tendu un piège. Les deux hommes n'étaient pas seuls. Ils étaient en compagnie de l'inspecteur Brians qui manifestement l'attendait avec impatience.

- Ah ! bonjour, mademoiselle Morton, dit-il d'un air faussement enjoué. J'espère que vous ne m'en voudrez pas de m'être invité. Poerava esquissa un pâle sourire et jeta un regard furieux à Nick qui était plongé dans la lecture d'un dossier.

- Nous reprenons l'enquête à zéro, continua l'inspecteur. Un indice nouveau nous permet de croire que vous n'avez pas été victime d'un accident mais d'une tentative de meurtre. Nous avons besoin de votre collaboration. Vous allez nous aider à faire la lumière sur cette affaire, n'est-ce pas ?

Elle le regarda bien en face : « non » répondit-elle calmement.

- Non ? reprit-il étonné.

- Vous savez, inspecteur, que les médecins m'ont interdit toute nouvelle émotion. De plus, j'ai actuellement d'autres préoccupations.

- Vraiment ! La justice n'est-elle donc pas une de vos priorités ?

Poerava fronça les sourcils.

- Que voulez-vous dire, inspecteur ?

- Supposons que nous ayons affaire à un maniaque qui tue des femmes en maquillant ses meurtres en accidents ou

---

[10] *mot tahitien qui désigne un blanc, un occidental*

suicides. Le moindre indice peut nous aider à l'arrêter. Vous lui avez échappé de justesse. Rosaleen Duffy n'a pas eu votre chance.

- La jeune brancardière ?

- Oui. Elle s'est jetée sous une rame de métro, à moins qu'un tueur ne l'ait poussée.

- Mais pour quel mobile ?

- Nous l'ignorons encore. Par contre, nous savons qu'elle a passé la nuit du vendredi à l'hôpital auprès de vous et on a retrouvé sur elle un bijou vous appartenant ainsi que le numéro de téléphone de la rédaction. Personnellement je suis convaincu qu'elle savait quelque chose et qu'elle a été tuée à cause de ça.

- Je ne vois pas très bien...

- Connaissez-vous Richard Hughes ? l'interrompit-il.

- Oui, bien sûr. Richard était stagiaire chez nous et il est passé me voir avec Jack le soir où cette jeune femme a fait irruption dans ma chambre. C'est surtout Jack qui le connaissait.

Poerava vit Nick s'agiter nerveusement dans son fauteuil. L'inspecteur ne put s'empêcher de sourire et de dire :

- Nous y voilà précisément !

Puis se tournant vers Jack Thompson, il ajouta grinçant.

- J'ai déjà interrogé monsieur Thompson à ce sujet. Il affirme que le jeune Hughes était lui aussi à l'hôpital ce même soir et qu'il a essayé d'entrer en contact avec la jeune brancardière. Sans succès. Si j'ai bien compris c'était un jeune homme doué mais un peu exalté.

Jack et Nick opinèrent de la tête d'un air entendu.

- J'ai moins bien compris l'histoire de la cassette.

- Quelle cassette ? s'écria la jeune femme, visiblement bouleversée.

- Calmez-vous, mademoiselle Morton, vous n'êtes pas en cause. Il s'agit simplement de savoir s'il y avait une cassette dans votre répondeur ce jour-là.

Elle allait répondre quand elle saisit au vol le regard de Nick et comprit qu'il valait mieux garder le silence. Elle eut l'intuition qu'il essayait de la protéger d'un danger qu'elle ne voyait pas mais que lui seul pressentait.

Elle se ressaisit aussitôt et dit d'une voix ferme :

- Désolée, inspecteur, mais je ne m'en souviens plus.

- Bon, bon. Une dernière chose et je vous laisse tranquille. Pouvez-vous me relater votre accident, sans rien omettre ?

- Arthur ! rugit Nick Martins, blême de rage.

Il bondit hors de son fauteuil et vint se placer à côté de Poerava, posant d'un geste protecteur ses mains sur ses épaules.

- Je crois que tu outrepasses tes droits !

- Non, monsieur l'inspecteur fait son travail, fit Poerava d'une voix lasse.

Puis, lentement et avec clarté, elle commença le récit des événements. Sa voix tremblait un peu. Elle n'omit rien, à l'exception toutefois de l'appel anonyme enregistré sur son répondeur. De toute façon, cela lui semblait sans importance.

- Très bien, dit l'inspecteur le visage sans expression. Tout cela paraît simple, trop simple même.

- L'ennui avec toi, Arthur, c'est que tu as trop tendance à voir des criminels partout, répartit Nick d'un ton acide.

- L'avenir nous le dira. En attendant, nous continuons d'enquêter. Je vous quitte.

Une fois l'inspecteur Brians parti, Poerava Morton fusilla Nick du regard.

- Nick, je n'apprécie pas la plaisanterie. Qui, au bureau, m'a envoyé ça?

Elle tira de sa poche la mystérieuse enveloppe et en sortit la coupure de journal.

- Tenez, ça vous dit sûrement quelque chose !

Curieux, les deux hommes s'approchèrent et la réaction de Jack ne se fit pas attendre. Il éclata de rire.

- Oh que oui ! Je me souviens parfaitement de cette soirée mémorable. Tu es devenue en une nuit une célébrité.

- Je crois que tu exagères un peu.

- Non, non. Je sais ce que je dis. Beaucoup ont chuchoté que tu devais ta promotion à cette soirée ou plutôt à John Knox.

- Donc tu penses à des jaloux. Mais pourquoi aujourd'hui ?

- Parce que les absents ont toujours tort. Ils profitent de ton accident pour te déstabiliser encore plus. Certains rêvent peut-être de ton départ.

- Bon ! Il va falloir, les enfants, faire le ménage chez nous, trancha Nick. Et vite. Je ne tiens pas à ce que Arthur Brians soit mis au courant de cette histoire. Sinon il va imaginer un complot ou Dieu sait quoi encore.

- Qu'est-ce que je fais de cette enveloppe ?

- Tu la gardes en lieu sûr. On ne sait jamais. Mais tu n'en parles à personne. Knox est déjà très mécontent d'avoir la police sur le dos. S'il apprend qu'en plus certains de chez nous essaient de t'intimider, il va être fou furieux.

- Et la cassette ? demanda soudain Poerava.

Nick Martins prit quelques secondes avant de répondre.

- Par sécurité, je l'ai donnée à un expert pour qu'il la décrypte. Nous avons sans doute affaire à un illuminé. Le tout est de savoir s'il est dangereux ou non. Pour l'instant, nous l'ignorons et je préfère que la police ne s'en mêle pas. Mon instinct me dit que cela vaut mieux pour tout le monde.

Jack hocha la tête plusieurs fois. Puis, regardant Poerava à la dérobée, il lui demanda :

- Que vas-tu faire maintenant ?

- Reprendre ma chronique, comme si de rien n'était.

Il ne la quittait pas des yeux et lui trouvait le teint plus pâle que de coutume et les yeux trop brillants. Il revint à la charge.

- Tu es sûre que tu vas tenir le coup ?

- Mais bien sûr, Jack. Voyons ne t'inquiète pas. J'en ai vu d'autres.

Songeur, il contempla la silhouette de la jeune femme et jeta un rapide coup d'œil à Nick. Il lut dans son regard la même inquiétude, mais se tut.

CHAPITRE 32

Après la réunion avec Poerava Morton, l'inspecteur Brians avait quitté le journal, agacé. Il avait la désagréable impression de tourner en rond et de se heurter à une mauvaise volonté évidente. Que cherchait à lui cacher Nick Martins? C'est ce qu'il se demandait depuis quelques jours.

Il récapitula mentalement les faits. Une journaliste agressée par un motard en plein Sydney, une brancardière poussée sous une rame de métro, un mystérieux message téléphonique. Sa logique lui disait qu'il devait y avoir un fil conducteur. Cela pouvait être aussi bien le jeune stagiaire que cet étrange pendentif. Il se promit d'interroger de nouveau Poerava Morton, mais seul à seul.

Les hommes de l'inspecteur arrivèrent en fin d'après-midi et se ruèrent dans son bureau pour l'informer de ce qu'ils avaient découvert. Quatre enquêteurs, harassés mais contents d'avoir flairé une ou deux pistes.

- Nick Martins ment, dit avec vivacité Derek le plus âgé et le plus chevronné des quatre. Il ment lorsqu'il affirme qu'il n'y avait pas de cassette dans le répondeur de Poerava Morton. Le jeune stagiaire l'avait enlevée le soir de l'accident.

- Il vous l'a confirmé ? demanda Arthur Brians, dissimulant mal sa joie.

- Ouais. On est passé le voir et il nous a tout raconté. Il a même ajouté qu'on lui avait fait comprendre clairement que rien ne devait se savoir.

- Très bien. Maintenant il me faut à tout prix cet enregistrement.

- L'ennui c'est que Hughes ne l'a plus.

- Quoi ! explosa l'inspecteur. Je n'arrive pas à y croire. Il m'avait dit au téléphone qu'il avait une information à me communiquer.

- Ça, soupira Derek, c'était avant que Jack Thompson ne lui parle.

- Vous savez ce qu'ils se sont dit ?

- C'est difficile à savoir avec certitude. En tout cas, d'après le jeune stagiaire, Jack Thompson lui aurait promis de le faire réembaucher s'il lui remettait la cassette.

- Apparemment un argument de poids. Ensuite ?

- Il n'a plus voulu parler affirmant qu'il n'avait rien d'autre à dire.

- Supposons, dit l'inspecteur en se calant dans son fauteuil, que la cassette ait été récupérée par Jack Thompson. Il l'a logiquement remise à Nick Martins.

- Oui. Sauf si Jack Thompson a gardé l'information pour lui.

- Impossible ! Je connais trop bien Jack. Il est incapable de faire une chose pareille. Il est totalement dévoué à Nick. Donc cela voudrait dire qu'ils mentent tous les deux.

L'inspecteur ôta ses lunettes et le frotta contre le bord de sa cravate.

« Très intéressant » répéta-t-il plusieurs fois, les yeux dans le vague.

- Il y a beaucoup plus troublant, dit Rod qui s'était jusque-là tenu à l'écart.

- Ah oui ? fit l'inspecteur Brians. Je vous écoute.

- On a appris que le grand patron avait une petite amie qui venait de se suicider.

- Bon sang ! Il ne manquait plus que ça. Comment l'avez-vous su ?

- On a interrogé sa secrétaire qui en était encore toute retournée.

- Et comment s'appelle la dame ?

- Luciana di Toso.

L'inspecteur se leva précipitamment et alla consulter son fichier. C'était bien ce qu'il craignait. La contessa Di Toso appartenait au gratin mondain international. L'affaire était partie directement à la Brigade Mondaine. C'est pourquoi il n'en avait rien su.

- Bon ! dit-il en se rasseyant lourdement. Il va falloir, les gars, jouer sur du velours. Primo, enquêter sur les circonstances exactes de ce suicide. Secundo, avertir le procureur et obtenir un mandat de perquisition.

Les quatre hommes avaient pris l'air tendu des chiens de meute et attendaient les ordres.

- Vous deux, fit l'inspecteur en désignant Derek et son alter ego, allez au bureau de la morgue consulter le dossier de la victime.

Il resta silencieux quelques instants, puis demanda brutalement :

- À quand remonte la mort ?

- À hier matin, répondit Derek impassible. D'après ce qu'on a entendu dire, elle s'est jetée par la fenêtre de son hôtel entre onze heures et onze heures trente. La mort a été instantanée.

- A-t-elle laissé des explications ?

- Non. Cela n'était pas son style. Femme du monde plutôt extravertie et globe-trotter. Pas du genre à écrire ses mémoires.

Arthur Brians grogna.

- Nous aurons peut-être à l'examiner. Je m'occupe des autorisations.

- Vous ne pensez pas qu'on va nous en empêcher ?

- Non. Je ne crois pas. Je sais à qui m'adresser.

Se tournant vers Rod, il ajouta :

- Il me faut aussi l'emploi du temps de John Knox. Cela vous revient naturellement.

- Merci, patron.

- Le plus dur va être d'arracher des informations à la Brigade Mondaine. Ces types-là ne sont pas bavards.

- Je m'en charge, dit Teddy le rouquin.

L'inspecteur le regarda un sourire au coin des lèvres. Teddy avait la réputation d'être un fouineur de la pire espèce, ceux qui ne lâchent jamais leur proie et savent extorquer par la ruse toute information utile. Il avait fait ses preuves plus d'une fois.

- OK, Teddy. Je veux savoir qui elle fréquentait et ce qu'elle venait faire à Sydney. Tous ces rupins ne m'inspirent pas confiance et je parierais qu'elle avait des choses à se reprocher. On ne se suicide pas comme ça. Il faut de bonnes raisons.

- C'est comme si c'était fait, patron. La sœur de ma petite amie travaille à la Mondaine et ne demande pas mieux que de m'aider.

Arthur Brians siffla, admiratif. « Sacré veinard ! » Puis redevenant sérieux, il grommela.

- Il va falloir mettre le turbo, les gars, si on veut être dans la course ! J'ai comme l'impression qu'on veut nous faire passer pour des cons. Allez, au travail! Je vous donne vingt-quatre heures et pas une minute de plus.

Les quatre hommes se levèrent survoltés et quittèrent la pièce dans un brouhaha heureux, celui des grands jours. L'enquête rebondissait pour leur plus grand plaisir.

CHAPITRE 33

Debout dans l'entrebâillement de la porte, Nick Martins regardait Poerava, la tête penchée sur le côté. Intriguée, elle leva les yeux de son écran.

- Qu'y a-t-il ? Tu as un torticolis ?
- Non. J'avais seulement oublié combien tu étais belle.
- Flatteur ! répartit-elle en riant. Ce n'est sûrement pas la raison qui t'amène.
- Gagné !
- Alors entre et ferme la porte.

Nick entra et alla s'installer directement sur le petit canapé de l'alcôve qu'avait aménagée la jeune femme dans un coin de son bureau. Puis sans même la laisser s'asseoir près de lui, il commença:

- Ma situation est difficile et j'aimerais que tu comprennes certaines choses.

Il fit une pause comme pour donner du relief à ce qui allait suivre.

- Je n'attache pas d'importance aux basses intrigues de couloir. La beauté, la réussite attirent toujours la jalousie. Nous n'y pouvons rien. Par contre, j'ai la responsabilité de ce journal et rien ni personne ne doit entraver son expansion.
- En quoi suis-je concernée, Nick ?
- J'y viens.

Il lui tapota gentiment la main et la fit s'asseoir à ses côtés.

- Tu as, malgré toi, déclenché des turbulences au sein du journal. D'abord ton accident et surtout le coup de fil anonyme avec cette satanée cassette. Tu n'ignores pas que notre cher patron a horreur des histoires. S'il a le sentiment que le *Sydney Post* peut en pâtir de quelque manière que ce soit, il n'hésitera pas à te sacrifier et à me sacrifier par la même occasion.

Poerava le regarda, incrédule.

- Tu ne crois pas que tu exagères un peu ?

- Pas du tout, hélas. Le *Sydney Post* est en train de se tailler la part du lion dans un marché en difficulté. Comme tu le sais, cela est dû non seulement à une stratégie réaliste et originale mais aussi à la qualité de nos chroniqueurs. Le moindre faux-pas peut donc être fatal.

- Je sais tout cela, Nick.

- La guerre des tabloïds est aussi celle des chroniqueurs. Ta chronique est la plus lue du journal et cela attire bien des convoitises.

- Que veux-tu dire ?

- Il est clair que certains ont intérêt à te voir paniquer et abandonner ta colonne.

- Qui, par exemple ?

- Nos concurrents bien sûr, mais aussi tes chers collègues de la rédaction. Peux-tu me donner un nom dont tu es totalement sûre ?

- Non, admit-elle à regret.

- Je me méfie aussi beaucoup de l'inspecteur Brians. C'est un méticuleux, un fouille-merde qui n'a de cesse que lorsqu'il a trouvé un os à ronger. Et cet os, c'est le journal !

- Eh bien, le tableau est plutôt sombre ! Cela ne laisse guère de place aux illusions.

- C'est vrai. Mais en entrant dans ce métier, tu savais à quoi tu t'exposais, j'espère.

Poerava poussa un profond soupir.

Des larmes de lassitude lui montèrent aux yeux et elle dut détourner la tête pour que Nick ne s'en aperçoive pas.

- J'attends de toi, continua Nick Martins, que tu te battes à mes côtés. Il faut montrer à tous que rien ne peut entraver la bonne marche du journal. Ni un accident, ni un coup de fil anonyme, ni même la police.

- Mais rassure toi, c'est exactement ce que j'ai l'intention de faire.

- Très bien. Il faut aussi que tu coopères.

- Avec qui ?

- Avec moi.

Il se rapprocha d'elle et glissa un bras autour de ses épaules.

- Je veux savoir pourquoi tu as si peur de cette cassette, fit-il d'une voix pressante.

Elle se mit à rire nerveusement.

- Décidément vous êtes tous obsédés par cette cassette!

- Oui, je suis comme l'inspecteur. Je ne crois pas aux coïncidences. Ce coup de fil anonyme suivi d'un accident, cela me paraît louche. Par contre je ne suis pas d'accord avec Arthur quand il y voit l'œuvre d'un maniaque. Je pencherai plutôt pour un banal chantage et je tiens à trouver le coupable moi-même.

Poerava se leva. Elle était exaspérée.

- Et moi dans toute cette histoire, qu'est-ce que je deviens ?

- Comment ça ? Je ne comprends pas.

- Qui se préoccupe de ce que je ressens ?

- Voyons, tu es intelligente et forte. Tu sauras être à la hauteur de ce que l'on attend de toi. Comme toujours, d'ailleurs !

- Je ne sais pas, justement. J'ai peut-être envie d'autre chose.

Nick Martins fronça les sourcils et repensa à ce que lui avait dit Jack au sujet de son brusque changement d'attitude. Se pouvait-il qu'il eût raison ?

Il se leva à son tour, lui saisit les mains et les serra très fort.

- J'ai confiance en toi, mon petit. Je sais que tu ne craqueras pas.

Elle retira prestement ses mains emprisonnées dans les siennes et les posa à plat sur ses genoux. Puis, le regardant droit dans les yeux, elle répliqua d'un ton vif.

- Toi aussi, essaie de comprendre ! Il m'arrive de drôles de choses depuis plusieurs semaines et j'ai besoin d'y voir clair. C'est pour cette raison que je ne veux pas être mêlée à quoi que ce soit.

Nick Martins se raidit.

- Je vois. Tu n'as donc pas l'intention de m'aider.

Lisant l'inquiétude sur son visage, Poerava se radoucit.

- Ne t'inquiète pas. Mon travail n'en souffrira pas, je te le promets. J'aimerais seulement qu'on me laisse tranquille.

- Comme tu voudras ... Allez viens, je te paye un verre.

Réticente, elle hésita un instant. Puis songeant qu'elle avait besoin de se distraire, elle le suivit.

CHAPITRE 34

Plus tard dans la soirée, en arrivant chez elle, Poerava Morton gara sa voiture dans l'allée latérale, comme elle le faisait souvent. Puis, elle éteignit les phares et se dirigea à pied vers la maison. Pour la première fois, la masse sombre de la bâtisse lui parut froide et menaçante. Les fenêtres trop hautes, le fronton démesuré, la végétation envahissante. Elle frissonna malgré la douceur de l'air. En approchant, Poerava aperçut quelque chose qui dépassait de dessous sa porte. Elle eut une appréhension et c'est d'une main tremblante qu'elle introduisit la clé dans la serrure. Pourquoi se sentait-elle tout à coup angoissée ? Elle pensa que c'était la fatigue de cette première journée de travail. Elle avait sans doute eu tort de rester si longtemps au journal.

Elle ouvrit la porte et alluma la lumière. L'enveloppe était là, identique à la précédente.

Elle se força à la ramasser, la posa sur l'un des meubles de l'entrée et se dirigea vers la cuisine. Nick avait raison : un mauvais plaisantin essayait de la déstabiliser. Le mieux était de ne pas trop y attacher d'importance.

Pour tromper son angoisse, Poerava se prépara un toast à la confiture et but un grand verre de lait. Puis elle monta dans sa chambre. L'atmosphère y était feutrée. L'épaisse moquette, les tentures et les voilages qui garnissaient les fenêtres absorbaient les bruits et invitaient à la méditation.

Elle s'allongea tout habillée sur le lit.

Elle ferma les yeux, fit le vide dans sa tête et essaya de détendre un à un tous les muscles de son corps, comme on le lui avait appris à l'hôpital. Un calme étrange l'envahit immédiatement.

Le passé rôdait à présent autour d'elle. Sa mémoire tentait de rappeler des souvenirs enfouis dans le temps, des images, des odeurs. Quelque chose en elle l'entraînait dans les profondeurs de son inconscient. Elle voulait comprendre. Comprendre pourquoi Paul Dorval hantait ses rêves.

Soudain un bourdonnement aigu emplit sa tête.

Elle se redressa avec un cri et ouvrit les yeux. Je deviens folle, pensa-t-elle. Le psychothérapeute l'avait pourtant prévenue des conséquences du Syndrome Post Traumatique. Mais elle ne l'avait pas écouté et avait même refusé son aide, comme elle avait refusé celle de Jim.

Poerava haussa les épaules. Elle avait simplement besoin de dormir. Dormir, pour oublier. Elle se dévêtit rapidement, avala un tranquillisant puis se glissa sous les draps. Au moment où elle allait s'endormir, le téléphone sonna. Elle dut faire un immense effort pour décrocher. C'était Paul Dorval.

Sa voix lui parut lointaine. Elle comprit qu'il cherchait à la joindre depuis plusieurs heures et qu'il lui proposait une réunion avec ses amis dans quelques jours. Ainsi elle pourrait s'y préparer.

- La réunion a lieu à mon hôtel, en petit comité. Est-ce que quatorze heures vous conviendrait ?

La sentant réticente à l'autre bout du fil, il se fit plus persuasif.

- Vous savez, c'est une occasion unique. J'ai parlé de vous à mes amis et ils ont hâte de vous rencontrer.

- Je crois que je ne suis pas encore prête, dit-elle d'une voix hésitante.

- Au contraire ! Votre mémoire s'est enfin réveillée et si vous ne canalisez pas l'énergie qui a pris possession de vous, vous courrez de graves dangers. Réfléchissez encore et donnez-moi votre réponse demain matin.

- Entendu. Bonsoir.

Elle eut juste le temps de reposer le combiné avant de sombrer dans un sommeil agité.

Le lendemain matin, en se réveillant, elle eut l'impression qu'elle sortait d'un mauvais rêve. Elle trouva sur sa table de nuit un numéro de téléphone griffonné maladroitement au dos d'une carte postale et se souvint de l'appel téléphonique de Paul. Elle se leva péniblement et se dirigea en titubant vers la salle de bains. Le somnifère qu'elle avait avalé la veille l'avait complètement assommée. Elle dut s'appuyer au chambranle de la porte de sa chambre pour ne pas tomber. La tête lui tournait. Elle ferma les yeux, inspirant lentement et demeura ainsi sans bouger. Soudain, elle eut l'impression qu'un trou noir, béant, tentait de l'aspirer. Alors, rassemblant toute son énergie, elle rouvrit les yeux et traversa le palier.

En entrant dans la salle de bains, elle fut prise de nouveau d'un vertige et se demanda avec angoisse si elle aurait la force d'aller jusqu'au lavabo. Elle y parvint et s'y agrippa de toutes ses forces, s'aspergeant le visage d'eau glacée. Lorsqu'elle se redressa, ses yeux se brouillèrent. Elle eut alors une vision, celle d'une cascade surgissant d'une masse compacte de végétation luxuriante. Des enfants s'y baignaient en toute quiétude. Puis, les images s'accélérèrent, la sérénité fit place au tumulte d'une rivière en colère et à des adultes qui la regardaient d'un air sévère. Elle se sentit tomber mais, cette fois, elle ne fit rien pour se retenir.

Lorsqu'elle revint à elle, elle fut soulagée de constater qu'elle ne s'était pas blessée dans sa chute. Elle n'avait aucune idée de l'heure qu'il était ni du temps qu'elle avait passé, allongée, inconsciente au pied du lavabo. Elle se reprocha d'avoir pris un tranquillisant, elle qui ne supportait aucun médicament. Un peu honteuse, elle se rappela le conseil du Dr Friar « il faut que vous me promettiez de vous reposer sérieusement » lui avait-il demandé et elle avait promis !

Poerava se jura d'être plus raisonnable à l'avenir. Elle allait prendre des dispositions en ce sens. Son imagination lui jouait trop de tours. C'est alors qu'elle pensa à Paul Dorval. Une force étrange la poussait à accepter sa proposition. Il avait raison. C'était maintenant qu'il fallait agir. Remonter le temps. Découvrir ce qui la hantait. Comprendre. Oui, c'était cela. Il lui fallait comprendre pourquoi, elle, d'ordinaire si maîtresse d'elle-même, était devenue le jouet de ses émotions.

Elle prit une douche froide qui la réveilla complètement, enfila un jean et un T-shirt. Puis elle descendit à la cuisine prendre son petit-déjeuner. En passant elle ne put s'empêcher de jeter un coup d'œil dans l'entrée. L'enveloppe se trouvait toujours sur la commode.

En réfléchissant à la décision qu'elle allait prendre, elle se prépara un expresso et alluma la radio. Pendant qu'elle surveillait ses toasts, elle entendit le journaliste commenter brièvement les nouvelles du jour et crut reconnaître le nom de Roselyne Duffy. Intriguée, elle monta le son. « *suicide* ou *meurtre déguisé, c'est le mystère de la semaine* » disait au même moment le commentateur qui poursuivit d'une voix neutre « *une deuxième victime viendrait accréditer la thèse du meurtre en série* » .

Poerava s'assit, soucieuse. Roselyne avait gardé sur elle le pendentif qu'elle lui avait confié. C'était peut-être pour cette raison que la jeune femme était morte ? Cette pensée la fit frémir. Puis elle songea à Nick Martins. Il allait être hors de lui.

Une odeur de brûlé la tira de ses réflexions. C'étaient les toasts. Ayant l'appétit coupé, elle se leva et les jeta dans la poubelle. Ensuite, sans hésiter, elle alla chercher l'enveloppe et se força à l'ouvrir.

À l'intérieur se trouvait la photographie défraîchie d'une très belle femme brune, de type polynésien, qui lui ressemblait. Cela ne pouvait pas être elle. Pourtant la ressemblance était frappante. Troublée, elle examina la photographie de plus près et poussa un cri. La femme portait, autour du cou, un pendentif en os en tout point semblable au sien.

Clouée par la surprise, Poerava ne pouvait détacher ses yeux de la jeune femme. Son sourire mélancolique l'emplissait d'une étrange tristesse et son regard semblait vouloir lui parler. Soudain, elle fut prise d'un violent tremblement et dut reposer la photographie sur la commode. Qu'est-ce que cela signifiait ?

À présent, elle avait peur. Mais peur de qui ? De quoi? Elle ne le savait pas encore. Pourtant elle avait l'impression aiguë que quelqu'un l'épiait depuis plusieurs semaines. Instinctivement, elle lança un regard autour d'elle. Un silence oppressant enveloppait la maison d'un linceul lugubre. La vie semblait avoir déserté l'imposante demeure.

Alors elle se dirigea vers le salon, s'assit dans le canapé près du téléphone et, d'une main tremblante, composa le numéro de Paul Dorval. Sa décision était prise.

CHAPITRE 35

Une animation inhabituelle régnait, depuis plusieurs jours, dans les locaux de la Brigade Criminelle. Un va-et-vient incessant de témoins, d'experts et d'enquêteurs emplissait les couloirs exigus d'un bourdonnement de ruche. L'inspecteur Brians, au sortir de chez le procureur, s'était enfermé dans son bureau sans un mot. Il en était ressorti une heure plus tard pour appeler Derek Robinson.

- Venez voir ! lui dit-il quand ce dernier frappa à la porte.

Arthur Brians, en bras de chemise, était planté derrière son bureau, sur lequel des photographies s'étalaient en éventail. Quand son enquêteur principal entra, il ne bougea pas. D'un geste, il l'invita à s'approcher.

- Regardez ! Que pensez-vous de cela ?

Il lui désigna deux agrandissements.

- La contessa et la brancardière portent toutes deux la même blessure en forme de T. Prenez la loupe et dites-moi ce que vous voyez.

Derek prit la loupe, l'approcha des deux photographies et les examina tour à tour. Puis il émit un léger sifflement.

- Identiques, patron. Les blessures sont totalement semblables et faites avec beaucoup d'application, sans doute au moyen d'une lame dentelée. C'est signé par le même agresseur.

- Oui. Probablement deux meurtres déguisés en suicides. Ce qui m'intrigue le plus, c'est cette forme en T.

Et puis, je me demande aussi pourquoi l'une est plus ancienne que l'autre. Si l'on en croit le rapport d'analyse, la blessure de la contessa date du jour du meurtre.

- On a sans doute affaire à des blessures rituelles, patron. Les victimes sont consentantes jusqu'au jour où elles se révoltent et ce jour-là elles signent leur arrêt de mort.

- Vous voulez dire que la contessa di Toso n'a pas accepté ce rituel et a été tuée pour cette raison ?

- Oui. C'est bien possible.

- Si je pousse le raisonnement plus loin, continua l'inspecteur, Roselyne Duffy l'a accepté jusqu'au jour où elle s'est rebiffée. Donc elle connaissait son assassin.

Les prunelles sombres d'Arthur Brians s'éclairèrent soudain d'une lueur de triomphe.

- Si nous pouvions démontrer le lien entre la jeune brancardière et Poerava Morton, cela nous ouvrirait des perspectives très intéressantes.

- Je ne vous suis pas bien, patron ?

- Mais si. Supposons que Rosalyn Duffy ait reconnu les méthodes de son tortionnaire. Elle a essayé de prévenir Poerava Morton puis a voulu aller à son journal. C'est à ce moment-là que le tueur a décidé de la supprimer. Elle devenait un danger pour lui. Vous comprenez ?

- Oui, je commence à comprendre. Mais que vient faire le pendentif dans cette histoire ?

- Je n'en sais rien encore. Poerava Morton affirme que sa famille le lui a offert pour ses quinze ans et qu'elle ignorait où il se trouvait après l'accident. Si elle dit vrai, alors ce n'est peut-être qu'une simple coïncidence sans signification particulière.

- Et que dit le rapport du médecin légiste au sujet de la contessa?

-Il confirme ce que l'on vient de dire mais conclut en une mort accidentelle.

- Une mort accidentelle ! Mais c'est grotesque.

- D'après le médecin légiste, il n'y a aucune trace de violence ou de strangulation qui pourrait accréditer la thèse du meurtre. Il a relevé uniquement des ecchymoses et des fractures dues principalement à la chute. Quant à la blessure à l'épaule, il s'est prononcé pour une mutilation volontaire.

Les deux hommes se regardèrent un instant en silence puis l'inspecteur reprit la parole.

- Nous allons continuer notre travail de fourmi. Pour moi, l'affaire n'est pas finie. Elle vient juste de commencer. D'autant plus que nous savons, d'après les informations qu'a obtenues Teddy à la Brigade Mondaine, que la contessa appartenait à une Fondation qui, sous couvert d'activités culturelles, se livrait à des pratiques occultes.

- Pensez-vous à une véritable secte ? demanda Derek.

- À mon avis, c'est plus compliqué. La Fondation Smith est un organisme respectable qui regroupe de très nombreuses personnalités internationales et des membres de l'université. Ses moyens sont énormes, en partie grâce au mécénat de ses adhérents les plus riches. Son influence est, de plus, grandissante.

Derek Robinson dodelina de la tête, pensif.

- C'est bien ce qui m'inquiète, patron.

- Mais non. Cela peut être un avantage. Nous avons face à nous des gens sérieux et responsables qui sont, dans l'ensemble, prêts à nous aider. Profitons-en ! Tenez, le doyen de la prestigieuse Sydney University est venu pas plus tard qu'hier me faire une déposition et dans quelques minutes, je reçois un professeur que j'ai convoqué sur son avis.

- Ça avance, alors ?

- Si l'on veut.

L'inspecteur tira de son tiroir un grand mouchoir et s'essuya le front. Il avait l'air fatigué.

- Il me faut maintenant les noms de tous les membres importants de cette fondation.

- C'est déjà fait, patron.

Arthur Brians posa un regard reconnaissant sur son enquêteur et sourit.

- Bravo, Derek. C'est du bon boulot ! Dommage que tout le monde ne soit pas aussi efficace que vous.

Derek Robinson rosit de plaisir sous le compliment. Il s'était démené comme un beau diable pour obtenir ces renseignements et se sentait ainsi récompensé de sa peine.

Arthur Brians était vraiment un supérieur pour qui il était agréable de travailler.

- Voilà le dossier complet, dit-il avec une pointe d'orgueil.

L'inspecteur le prit et le feuilleta avec satisfaction. Il fronça plu- sieurs fois les sourcils en reconnaissant les noms de plusieurs personnalités bien connues en Australie.

- Du beau monde ! maugréa t-il entre ses dents. Cela ne va pas simplifier notre tâche. Mais qui est ce Paul Dorval ?

- Un Néo-Zélandais d'ascendance *Maori* par sa mère et avec un ancêtre français, d'où son nom. De plus, c'est un éminent universitaire, qui vient régulièrement donner des conférences à Sydney University.

- Tiens, tiens ! Il doit connaître Jim Simmons.

- Sûrement. Ils ont, d'après ce que je sais, des goûts communs.

- Lesquels ? fit l'inspecteur mi-étonné, mi-admiratif.

- Les peuples d'Océanie. L'un, parce que c'est sa spécialité universitaire et l'autre, parce que c'est sa passion. De plus, Paul Dorval connaissait la contessa et était même, aux dires de certains, l'un de ses proches.

- Avez-vous des éléments concernant l'organisation de la Fondation, ses rituels, ses lieux de réunion, son mode d'adhésion etc...?

- Non, pas encore. Nous savons seulement que la Fondation s'organise en chapitres indépendants placés sous l'autorité d'un Grand Conseil. Ce conseil est dirigé par un président et un vice-président au-dessus desquels il y a un Grand Maître au pouvoir plus ou moins occulte.

- John Knox fait partie de la Fondation Smith, n'est-ce pas ?

- Oui. Il en est même le vice-président.

- Qui d'autre au journal en fait partie ?

- Personne à ma connaissance.

Arthur Brians poussa un soupir de soulagement et s'épongea de nouveau le front.

- J'aime mieux ça. Je n'aurais pas aimé trouver Nick Martins impliqué dans cette histoire.

- Par contre, Poerava Morton a enquêté l'année

dernière sur les sociétés initiatiques et sectes internationales implantées en Australie. Elle a pu ainsi entrer en contact avec la Fondation Smith et découvrir certaines choses.

Les yeux de l'inspecteur s'étrécirent.

- Vraiment ! fit-il d'un ton dubitatif.

- Oui. Comme l'existence d'un groupe sectaire à l'intérieur de la Fondation, rétorqua Derek. Ce n'est qu'une supposition, mais cela peut représenter une piste intéressante.

- Bon sang ! Vous avez raison, aucune piste n'est à négliger. Il faut faire vite. Si elle a été trop curieuse, elle est peut-être en danger.

- OK, patron. Je m'en occupe. Teddy va me donner un coup de main.

- Parfait. Je compte sur vous deux.

Puis après une minute de silence, durant laquelle il se prit à rêver à un énorme coup de filet, il ajouta.

- Faites entrer Jim Simmons. Lui aussi m'intéresse.

Dans le taxi qui le ramenait à l'université, Jim réfléchissait. Il essayait de se rappeler avec le plus d'exactitude possible les questions de l'inspecteur. Froides, méthodiques, incisives. Pourtant, à plusieurs reprises, il avait cru capter dans le regard d'Arthur Brians une lueur de sympathie. Mais c'était sans doute son imagination.

Il s'enfonça dans la banquette arrière de la voiture, le regard perdu dans le vague.

L'homme ne lui était pas apparu hostile. Ses questions l'avaient un peu dérouté, mais son professionnalisme rigoureux l'avait rassuré. Il se rappelait surtout son insistance à le faire parler de Poerava. Il avait failli plusieurs fois ne pas répondre. Mais sa droiture naturelle et son sens civique l'avaient emporté. Il n'avait surtout rien à cacher.

Un furieux coup de klaxon le fit soudain sursauter et il entendit le chauffeur de taxi jurer, alors qu'il évitait de justesse une camionnette. Une pluie d'orage tombait dru sur la ville et rendait la circulation difficile. Noël s'annonçait étouffant.

Deux questions lui revinrent en mémoire, obsédantes. « Connaissez-vous la Fondation Smith ? ...

Mademoiselle Morton fait-elle partie d'une secte ? »
Horrifié, il avait nié tout en bloc. Mais il n'avait pas pu
taire l'existence de réunions secrètes à l'université. Il avait
aussi mentionné Sheila Parkinson, l'attitude pour le moins
étrange de la jeune fille durant ces dix derniers jours et sa
disparition.

L'inspecteur avait paru plutôt satisfait. Il se rappelait
maintenant que ses questions étaient devenues tout à coup
plus civiles, presque courtoises. Jim, de son côté, s'était
efforcé de le renseigner sur son emploi du temps, sur le
fonctionnement de l'université et la vie estudiantine. Pas
un mot n'avait été échangé sur le doyen ou ses collègues,
ce que Jim avait apprécié. Il ne s'imaginait pas en effet
dévoilant la vie privée ou les petits travers de chacun.

Arthur Brians l'avait bien compris. C'était un homme
intelligent et intègre. Jim n'en doutait plus. Pourtant il ne
lui avait pas parlé de l'existence de la cassette et
l'inspecteur n'y avait fait aucune allusion. Ayant peur
d'attirer des ennuis à Poerava, Jim avait choisi le parti de
ne rien dire. Maintenant il se demandait s'il avait bien fait.

En arrivant à l'université, il s'enferma dans son bureau
à double tour et sortit la cassette de son tiroir.

CHAPITRE 36

Jim Simmons avait passé des heures à écouter la cassette que lui avait laissée Nick et à essayer d'en déchiffrer les mots, la plupart du temps déformés par la mauvaise qualité de la bande. À force de l'écouter, il avait cru reconnaître la voix d'un certain Ken Dowry, mais n'en était pas tout à fait sûr. Assailli de doutes, découragé, il allait abandonner quand l'inspecteur l'avait convoqué. L'insistance de ce dernier à lui parler de sectes et de sociétés secrètes avait d'abord ravivé son intérêt, puis avait fini de le convaincre qu'il s'agissait de son ancien étudiant.

Il connaissait bien Ken Dowry. Celui-ci avait suivi ses cours pendant une année. Une année pendant laquelle Jim s'était plu à l'observer, jour après jour. De petite taille et d'apparence chétive, il avait un visage maigre encadré de cheveux noirs bouclés qui lui avait valu le surnom de Méphisto. Complexé par un physique peu avantageux, il se vengeait en exerçant une étrange domination sur ses camarades. Son intelligence malsaine, son penchant pour le mal fascinaient autant qu'ils effrayaient. Jim avait donc été soulagé, lorsque, l'année suivante, il avait brutalement choisi le cours de sa collègue Joy Hoggins.

C'est durant cette seconde année que le scandale avait éclaté. Un scandale qui avait fait trembler tout le vieil édifice universitaire et avait éclaboussé la réputation du Département d'ethnologie. Ken Dowry avait finalement été renvoyé, avec deux autres étudiants, pour mauvaise conduite. Après son départ, on avait murmuré qu'il organisait avec la complicité de quelques professeurs des nuits de débauche où rivalisaient l'alcool, le sexe et la drogue.

Des souvenirs lui revenaient maintenant en mémoire et éclairaient d'un jour nouveau les événements passés.

Les besoins d'argent incessants de Ken Dowry et son goût immodéré de la fête ; ses conversations sur la mort avec Sheila Parkinson ; son intérêt morbide pour les cérémonies rituelles. Tout cela lui faisait craindre le pire.

Il se leva et prit sur l'étagère son magnétophone. Il y glissa la cassette, pressa le bouton d'écoute et se rassit.

Il n'y avait plus de doute à présent. Il reconnaissait parfaitement les intonations profondes de la voix de Ken ainsi que sa façon précieuse d'articuler. Un détail le tourmentait cependant. La manière dont l'homme articulait n'était pas celle de l'étudiant. Avait-il voulu déguiser sa voix pour la rendre méconnaissable ? C'était possible. En tout cas, Jim s'y était laissé prendre.

Il arrêta la bande et rembobina la cassette. Cette fois, il voulait se concentrer sur chaque phrase et surtout sur chaque mot du message. Son début ne laissait aucun doute quant aux connotations océaniennes du contenu, «*Te mauatua e* [11]» était l'appel traditionnel aux divinités du triangle polynésien. Par contre, la phrase suivante, «*les purs réunis à la nature* », l'inquiétait davantage. D'emblée, il pensa aux réunions secrètes qui avaient lieu à l'université. Il se demanda combien d'étudiants y participaient et ce qu'ils préparaient. « *Les purs* » étaient manifestement tous ceux qui adhéraient au groupe. La référence à la nature, plus ambiguë, pouvait évoquer aussi bien un retour aux rythmes naturels des saisons qu'une quête quasi-religieuse de la terre ancestrale.

Enfantillages de pseudo écologistes, décida-t-il agacé, et il appuya sur la touche lecture. Suivait une série de mots en tahitien que Jim, malgré la mauvaise prononciation de l'étudiant, avait finalement identifiés : « *Auhune – paiatua – uru* » puis de nouveau une phrase complète « *Mat va illuminer les ténèbres* », et encore des mots isolés « *tau -*

---

[11] *chant traditionnel tahitien « Ö vous les dieux »*

offrandes - migration ». Il s'arrêta un instant sur ce qui lui semblait être deux mots-clés. L'arbre à pain, le *uru*, aliment symbolique entre tous dans les sociétés polynésiennes, était récolté en décembre pendant la saison de l'abondance, le *tau ahune*. Tout s'éclairait. Il devenait évident que « *Mat* » renvoyait à « *Matari'i* », la constellation des Pléiades dont l'apparition en novembre dans le ciel nocturne polynésien marquait le début d'un cycle nouveau, celui de l'abondance et de la renaissance.

Jim plissa le front, essayant de comprendre. Etait-il en présence d'un groupe cherchant à ressusciter la sagesse des Anciens *Ma'ohi* ? Ou bien d'une secte visant à étendre son influence occulte ? Ces questions le troublaient. Mais ce qui le troublait encore plus, c'était de savoir pourquoi ce message était adressé à Poerava.

Il s'alarma tout à fait en écoutant la fin du message *«proche est la migration»*. De quelle migration s'agissait-il ? Il pensa d'abord à celle des Polynésiens contemporains essaimant dans les grandes capitales du Pacifique, mais très vite un horrible pressentiment l'étreignit. Et si c'était une migration cosmique ? Une autre question le taraudait. Ce message était-il une menace et pour qui ? Ou un mot d'ordre ?

Il réécouta attentivement la cassette depuis le début, laissant défiler la bande sans l'interrompre. Mises bout à bout, les phrases délivraient un message anodin hormis la promesse d'une ère nouvelle pour les initiés. Simple rhétorique ou imminence d'un acte capital dans la vie de la secte ? Il avait entendu parler de ces sectes qui poussaient leurs adeptes au suicide collectif, mais n'osait y croire.

Cette idée l'effrayait trop pour qu'il l'envisageât sérieusement. Il sortit de son bureau et alla faire quelques pas dans le couloir. Il avait envie de parler à quelqu'un. A cette heure de la journée, le bâtiment était désert. Il se dirigea vers la salle de réunion des étudiants.

En entrant dans la pièce, elle aussi vide, Jim fut pris d'une idée subite. Et si ces phrases contenaient une information codée ? Il fut étonné de ne pas y avoir pensé plus tôt.

Fébrilement, il retourna à son bureau, prit une feuille de papier et un crayon. Il fit défiler à nouveau la bande, écrivant les phrases au fur et à mesure. Puis il les relut lentement. Il s'arrêta sur le mot, *paiatua*, la cérémonie rituelle marquant le solstice d'été et durant laquelle était scellé le lien entre les dieux et les hommes.

Il frissonna.

Si c'était la mort que le message annonçait, un code devait permettre aux initiés de connaître la date et le lieu. D'une main tremblante, Jim inversa l'ordre des mots, puis celui des phrases. Sans succès. Il essaya de raisonner avec logique. Les mots étaient trop clairs pour qu'on leur applique une grille de lecture. De quelle autre manière pouvait-on lire un message ? À l'envers, bien sûr ! Jim prit une autre feuille de papier et traça deux traits verticaux. Dans la première colonne, il inscrivit tous les mots les uns en des- sous des autres. Dans la seconde, il les transcrivit à l'envers. Puis il scruta ce qu'il venait d'écrire.

Cela n'avait aucun sens. Il faisait fausse route. Il eut envie d'appeler Nick, mais sa fierté l'en empêcha. Il s'entêta et décida d'appliquer la symbolique des chiffres. Mais là encore sans résultat.

Il commençait à s'énerver, lorsqu'une idée simple s'imposa soudain à lui. Il compta les mots du texte et s'aperçut que *paiatua* était le douzième mot tandis que *migration* était le vingt-et-unième. À supposer que ce fut une référence à une date, comme tout le laissait croire, cela donnait celle du grand départ dans l'au-delà : le 21 décembre, jour du solstice d'été.

On était le 21 décembre !

Jim fut pris de panique et se précipita sur le téléphone. Au moment de composer le numéro de l'inspecteur Brians, Jim changea subitement d'avis et appela Nick Martins. La voix du rédacteur en chef le rassura.

- J'ai du nouveau, fit-il, je crois avoir compris leur message.

- Magnifique, s'écria Nick. Ne perdez pas une minute. Venez immédiatement au journal avec la cassette.

Jim mit les deux feuilles de papier dans son cartable et sortit précipitamment.

CHAPITRE 37

Poerava ouvrit les portes de la penderie de sa chambre et jeta un rapide coup d'œil à la rangée de vêtements qui s'y trouvaient. Elle hésita avant de choisir un ensemble veste/pantalon qu'elle étala soigneusement sur le lit. Puis, méthodiquement, elle tira un à un tous les tiroirs de sa commode à la recherche d'un T-shirt. Mais soudain, se ravisant, elle opta pour un chemisier. Il ne lui restait plus qu'à prendre sa trousse de maquillage et elle serait prête.

En sortant de la salle de bains, elle se rappela que Paul Dorval avait insisté pour qu'elle emmène une paire de tennis.

- Vous êtes invitée à vous joindre à notre grande cérémonie d'investiture, lui avait-il dit. Elle se tiendra en bord de plage, d'où l'utilité d'une paire de tennis.

Comme elle s'inquiétait de l'endroit, il avait ajouté pour la rassurer.

- Cela se passera à Whale Beach, dans une charmante maison perdue dans les dunes. J'insiste d'autant plus que je viens d'être choisi comme Grand Maître et votre présence serait pour moi une grande joie. De plus, vous méritez d'être parmi nous. Notre organisation s'adresse uniquement à des esprits cultivés soucieux du passé.

Elle avait protesté faiblement, flattée au fond qu'un homme aussi raffiné que Paul Dorval puisse s'intéresser à elle.

- J'ai même de grands projets pour vous, avait-il ajouté d'un air mystérieux.

- Pourquoi pas ! avait-elle répondu évasive.

Bien qu'intriguée, elle n'avait pas osé demander lesquels. Mais en raccrochant elle avait eu le pressentiment que ce rendez-vous avec Paul Dorval et ses amis allaient décider du reste de son existence.

Avec un long soupir, elle prit un petit sac de voyage dans la penderie, y glissa sa paire de tennis et, à la dernière minute, s'empara d'un chemisier de rechange.

Il était exactement quatorze heures lorsque Poerava arriva à l'Intercontinental. Elle laissa ses clés au voiturier et pénétra dans le grand hall de l'hôtel. Rapidement, elle se dirigea vers les ascenseurs et attendit patiemment que plusieurs groupes de Japonais en descendent. Puis, calmement, elle monta avec deux autres touristes et pressa le bouton du sixième étage.

Paul l'attendait à la sortie des ascenseurs. Vêtu d'une longue tunique, il la conduisit cérémonieusement jusqu'à sa suite. Toujours sans un mot, il ouvrit la porte et s'effaça pour la laisser entrer. Une atmosphère étrange y régnait. Poerava le sentit immédiatement et fut saisie du même sentiment d'appréhension que la veille.

Trois hommes et une femme se tenaient dans le salon, les yeux fixés sur elle.

- Bonjour, mademoiselle Morton, dit l'un des hommes en s'avançant dans sa direction. Je suis Thomas Bird, médecin de mon état. Nous sommes très heureux de vous accueillir à notre petite réunion.

- Tony Smith, fit le second en lui serrant la main énergiquement.

- De la Fondation Smith ? lui demanda Poerava, prise d'une intuition subite.

- C'est bien cela. Je suis le neveu du fondateur. Paul nous a beaucoup parlé de vous.

Poerava se crispa. Elle se souvint de l'attitude désagréable de certains dirigeants lorsqu'elle avait enquêté sur les contacts à l'étranger de la Fondation. Un homme l'avait pratiquement jetée dehors et un autre l'avait même menacée. Elle ne s'était pas pour autant découragée et avait continué son enquête. À sa grande surprise, elle avait découvert que la Fondation, sous couvert de manifestations culturelles, se livrait à des activités sectaires. Elle était sur le point d'en savoir davantage quand elle avait eu son accident.

Son instinct de journaliste la poussa immédiatement à poser d'autres questions. Au moment où elle ouvrait la bouche, le troisième homme se présenta. C'était un jeune avocat. Il lui tendit la main avec un large sourire, tandis que Tony Smith battait légèrement en retraite. Après l'avoir salué, elle se tourna vers la jeune femme qui, jusque-là, n'avait pas bougé.

Joy la regarda mais ne se présenta pas. Poerava sut que, pour une raison qu'elle ignorait, elle la détestait. Elle comprit aussi que Tony Smith ne répondrait pas à ses questions.

Après quelques instants d'un silence gêné, Paul la tira d'embarras en prenant la parole.

- Voici Joy Hoggins, l'un de nos membres les plus actifs et .... les plus précieux.

Poerava la vit rougir sous le compliment et s'avancer timidement vers Paul. Elle lui chuchota quelques mots à l'oreille et disparut dans une autre pièce.

- Joy me sert également d'assistante dans nos séances de régression. Elle vient de m'avertir qu'il est l'heure de commencer. Nous allons nous installer dans la chambre. Suivez-moi.

Poerava sentit un léger frisson la parcourir. L'appréhension ou l'excitation de pénétrer dans un passé qui l'effrayait ? Elle n'eut pas le temps de trouver la réponse, elle se sentit poussée par une force irrésistible et lui emboîta le pas.

La chambre était plongée dans la pénombre. Deux énormes candélabres étaient placés de chaque côté de la tête de lit et jetaient une lueur vacillante dans la pièce. Des chaises étaient alignées en cercle autour du lit. Joy se tenait à l'entrée, très droite, portant solennellement dans les bras plusieurs capes de couleur blanche. Paul en prit une et se tourna vers Poerava.

- C'est l'usage de notre organisation. Chacun d'entre nous doit porter une cape blanche lors de nos réunions.

En silence, Poerava enleva son manteau et revêtit la cape qu'il lui tendait. À nouveau un frisson la secoua, lorsque les mains de Paul la frôlèrent.

- Nous avons un petit cérémonial à respecter, continua-t-il. J'espère que vous n'y voyez pas d'inconvénient ?

Poerava secoua la tête, sachant qu'en venant ici elle avait accepté tacitement toutes les règles et que Paul le savait aussi bien qu'elle.

Pendant que chacun revêtait la cape rituelle et s'asseyait à la place qui lui était désignée, Joy s'éclipsa discrètement. Quelques minutes plus tard, elle revint portant un plateau sur lequel elle avait disposé plusieurs moitiés de noix de coco qui servaient de coupes et qu'elle avait disposées dans un ordre particulier.

- Pour nous assister dans notre voyage dans le temps, lui expliqua Paul en souriant.

Poerava ne posa pas de questions et but le breuvage. À quoi bon ? Elle était décidée à aller jusqu'au bout pour explorer son passé et comprendre les symptômes qui l'assaillaient depuis plusieurs mois et elle ne voulait pas retourner à l'hôpital. Elle songea qu'au pire, il ne se passerait rien. Elle n'oubliait pas non plus son enquête. Les agissements de la Fondation Smith l'intriguaient de plus en plus et Paul Dorval la fascinait totalement. Toutes ces raisons l'encourageaient à poursuivre l'expérience coûte que coûte, même si son instinct lui dictait la prudence.

Une douce torpeur l'envahit. Elle cessa de réfléchir.

Paul la prit doucement par la main et la guida vers le lit. Elle s'allongea. Une musique lancinante se répandit dans la pièce et pénétra par chacun de ses pores. Elle avait du mal à garder les yeux ouverts. Elle distingua pourtant clairement Paul se pencher sur elle et lui sourire.

Soudain le temps s'enroula sur lui-même. Des souvenirs affluèrent, dispersés, confus. Elle ne sentit pas Joy lui faire une piqûre d'halopéridol, psychotrope aux effets puissants. Elle se laissa glisser dans une dimension différente sous le regard magnétique de Paul.

- Nous avons affaire à un sujet d'exception, commenta Paul froidement, lorsqu'il constata que Poerava était sous l'effet de la drogue que Joy venait de lui administrer. Elle fera une excellente Grande Prêtresse. Vous allez d'ailleurs le constater par vous- mêmes.

Les trois hommes, qui jusque-là étaient restés debout, s'installèrent en silence sur les chaises. Ils avaient pris une mine sévère. Joy préféra ne pas s'asseoir et resta derrière Paul qui se tenait le visage tout contre celui de Poerava. Tous étaient tendus. Paul Dorval savait qu'à cet instant précis, il jouait sa crédibilité de Grand Maître. S'il réussissait à les convaincre, ils le suivraient sans hésitation dans le transit cosmique qui devait avoir lieu le soir même.

- Détendez-vous.

La voix de Paul était ferme et apaisante.

- Vous allez me faire confiance et vous laisser guider dans le labyrinthe du temps.

Poerava Morton avait à présent les yeux fermés. Elle hocha la tête en guise d'acquiescement. Elle était prête.

Paul se concentra et posa sa main sur le bras de la jeune femme. Presque aussitôt, elle sentit des vibrations irradier son corps et l'emplir d'un sentiment de paix.

- Je vous emmène très loin dans votre passé ... dans votre petite enfance. Vous avez cinq ans. Que ressentez-vous ?

- J'ai peur, chuchota-t-elle à mi-voix comme si elle craignait d'être entendue.

- Pourquoi ?

Elle s'agita faiblement.

- Mon père me tient par la main et m'emmène avec lui.

- N'avez-vous pas peur d'autre chose ?

Poerava Morton crispa les poings et se mit à trembler. En proie à une émotion intense, elle respirait avec difficulté.

- De quoi avez-vous peur ? répéta Paul. Nous sommes là pour vous aider.

La voix de Poerava s'altéra légèrement.

- Il y a un immense tiki qui me regarde.

Paul Dorval ne put dissimuler la satisfaction qu'il éprouvait. Le visage rayonnant, il regarda les trois hommes qui étaient suspendus aux lèvres de la jeune femme.

- Ne vous rappellent-ils pas un événement beaucoup plus ancien ?

Poerava secoua violemment la tête. Elle refusait de se souvenir. Elle sentait qu'elle était en danger.

- Remontez le temps, continua Paul. Très loin dans une autre vie

... Que voyez-vous ?

Elle hésita. Puis au moment où elle allait parler, elle poussa un cri aigu.

- Non ! Non !

Paul, très contrarié, fit signe à Joy de lui faire une seconde piqûre d'halopéridol. Elle devait absolument révéler aux autres le rôle de Grande Prêtresse qu'elle avait joué par le passé. C'est elle qui, par la seule force de ses souvenirs, allait l'aider à accomplir l'acte final. Sa mission en dépendait.

- De quel tiki parlez-vous ? fit-il au bout de quelques minutes.

- De celui qui préside la cérémonie du *paiatua*.

Les trois hommes émirent en même temps un cri de stupéfaction.

- Vous n'êtes pourtant pas seule, fit Paul avec autorité.

- Je suis avec le Grand Prêtre. Il est vêtu d'une longue tunique blanche. Il est à mes côtés, brandissant une amulette.

- Concentrez-vous encore ! Et dites nous ce qui va se passer.

- Je ne sais pas ... Je suis fatiguée.

Poerava avait envie de dormir. Des images discontinues se chevauchaient dans son esprit, l'emportant dans un tourbillon de confusion.

Paul Dorval se mordit les lèvres. Il avait les mains et le front moites. Le temps pressait. Il devait rapidement utiliser tout son pouvoir de suggestion pour la faire parler. Il s'étonnait de sa résistance aux drogues.

- Vous devez vous rappeler et nous décrire exactement la scène telle que vous l'avez vécue. Vous étiez la Grande Prêtresse, n'est- ce pas?

- Oui.

- Vous vous êtes offerte en sacrifice ?

- Oui.

Elle essaya encore de lutter contre le déferlement d'émotions qui l'assaillaient de toute part, puis s'abandonna.

- Je me souviens. Vous étiez le Grand Prêtre et nous devions aider les fidèles à quitter cette Terre, murmura-t-elle dans un souffle. Seuls les initiés pouvaient faire le voyage cosmique et échapper à la terrible corruption des hommes.

Elle se sentait emportée par une volonté plus forte que la sienne qui lui dictait ses paroles et comprenait trop tard sa folie.

Soudain un trou noir s'ouvrit devant elle. Elle s'y laissa glisser avec soulagement.

- Eh bien, messieurs ! Qu'en pensez-vous ? demanda Paul en se tournant vers les trois membres médusés. Etes-vous convaincus ?

- Confondant, s'écria le jeune avocat avec enthousiasme.

- Nous sommes prêts à vous suivre, l'assura avec ferveur le médecin.

Seul, Tony Smith se montra encore réticent.

- Je n'aime pas l'utilisation des drogues. Elles ...

Il n'acheva pas sa phrase. Paul venait de le foudroyer du regard.

- Vous dites ? fit celui-ci avec hauteur.

Tony Smith chercha désespérément un soutien auprès de ses deux amis, mais ne rencontra que la surprise et la désapprobation. Alors perdant contenance, il bégaya:

- Naturellement si tout le monde est d'accord, je ne peux que m'incliner.

À présent convaincu que rien ne pourrait plus l'arrêter, Paul Dorval donna ses ordres en maître absolu.

- Tous nos frères du Petit Cercle ont été prévenus. Quarante-sept personnes en tout qui vont se rassembler dans la maison de la Fondation à Whale Beach. Le 21 décembre a été choisi, car nous approchons du solstice d'été, propice aux transits cosmiques. Si la nuit est claire, nous pourrons également observer les Pléiades avant de faire nos adieux à cette Terre. Le départ interviendra en trois vagues. D'abord la Grande Prêtresse qui nous montrera le chemin, ensuite les fidèles, enfin le groupe restreint d'initiés dont nous faisons partie.

- Et nos bienfaiteurs ? demanda Tony. Viendront-ils avec nous ?

- Vous savez que la contessa Di Toso a préféré se suicider seule. John Knox n'a pas encore donné sa réponse. Mais je sais qu'il viendra.

Paul Dorval se leva et quitta la chambre. Ils le suivirent religieusement dans le salon.

- Laissons Poerava se reposer, fit-il. Voici mes instructions - à respecter à la lettre ! ... À tout à l'heure, nous nous retrouverons sur place.

Puis il s'adressa à Tony Smith.

- Restez, je vous prie. Vous nous conduirez, Poerava et moi, jusqu'à la maison dans les dunes.

En disant cela, un léger sourire flottait sur ses lèvres.

CHAPITRE 38

Lorsque Jim arriva devant le bureau de Nick Martins, il fut surpris de trouver la porte fermée.

En le voyant, la secrétaire se précipita vers lui d'un air affolé.

- Je suis désolée, mais monsieur Martins est en réunion. On ne peut pas le déranger.

- On ne peut pas ou ne veut pas le déranger ! tonna Jim, hors de lui.

Et il écarta la jeune femme d'un revers de main énergique.

- C'est l'inspecteur Brians qui a demandé à ne pas être dérangé. Jim Simmons s'arrêta net.

- Ah, c'est différent. Il fallait le dire plus tôt !

Il pivota sur lui-même et alla s'asseoir dans l'un des fauteuils de la réception, soudain calmé.

- Nick, tu dois comprendre que ta collaboration m'est précieuse. Tu dois m'informer du moindre détail suspect.

- La délation n'est pas mon fort, Arthur.

- Mais qui parle de délation ?

- Toi.

- Pas du tout. Ce que je te demande c'est de me dire la vérité ... la simple vérité. Qui, par exemple, est ce jeune Richard Hughes ?

- C'est sûrement un petit con, mais pas un meurtrier.

Puis s'approchant de l'inspecteur, il ajouta à voix basse.

- Ce qui me gêne avec toi, c'est que tu vois des criminels partout.

- C'est mon métier.

- Merci de me le rappeler. L'ennui c'est que tu te fous pas mal des conséquences, que tes soupçons peuvent créer... dans le travail, j'entends.

Arthur Brians haussa les épaules.

- Tu t'emportes toujours autant et tu oublies l'essentiel.

- Ah oui, fit Nick sarcastique. Et c'est quoi pour toi l'essentiel ?

- Poerava Morton.

- Poerava ?

- Oui. Je la crois en danger et je voudrais que tu oublies un instant ton journal de merde pour m'écouter.

- OK. Alors, je t'écoute.

- Reprenons depuis le début sans nous énerver.

Nick acquiesça.

- D'abord il y a ce coup de fil anonyme, puis l'accident de notre jeune journaliste. Enfin nous avons deux meurtres déguisés en suicides, la brancardière et cette comtesse italienne, sans parler d'une cassette introuvable.

- Bon et après ?

- Je trouve que c'est déjà pas mal ! Pas toi ?

- Oui. Mais rien ne prouve que nous ayons affaire à la même personne. Ce ne sont que de simples hypothèses.

- Non, plus maintenant. J'ai des preuves.

- Les photos ?

- Pas seulement. Nous avons retrouvé deux témoins, un jeune garçon et une femme d'âge mûr. Tous deux sont formels : la moto a délibérément foncé sur Poerava et le motard l'a renversée d'un coup de pied assez violent pour tuer. Il ne s'agit donc plus d'un simple accident.

L'inspecteur Brians fit une pause, puis sortit d'une serviette en cuir élimé deux agrandissements.

- Regarde.

Du doigt, il désigna la longue cicatrice à la forme particulière que les deux femmes avaient sur le corps.

- Impressionnant, non ?

Nick Martins poussa un grognement, les yeux rivés sur les deux photographies. Il pensait à la réaction de John

Knox s'il apprenait que son journal était mêlé de près à une affaire de meurtre.

- D'après mon enquête, continua l'inspecteur, il s'agirait de meurtres rituels. L'assassin connaissait ses victimes. Si nous découvrons le lien entre ces deux morts et la tentative d'assassinat sur Poerava Morton, nous tenons le coupable.

- En quoi puis-je t'être utile ? demanda Nick, un sourire ironique aux lèvres.

- En me retrouvant cette cassette. D'ailleurs je suis convaincu que tu sais déjà où elle se trouve.

En partant, l'inspecteur s'arrêta sur le pas de la porte et sans se retourner lui lança :

- Dis à ton ami le professeur que nous savons que sa collègue Joy Hoggins est un membre actif de la Fondation Smith. Il en tirera les conclusions tout seul.

Quelques minutes seulement après le départ de l'inspecteur, un léger coup frappé à sa porte le tira de ses réflexions. Timidement, sa secrétaire lui rappela que Jim Simmons s'impatientait dans la salle d'attente. Nick se rappela tout à coup que Jim était venu lui faire part d'une découverte. Il se leva d'un bond et alla à sa rencontre.

Tout de suite, il s'aperçut que Jim avait l'air bouleversé. Il serrait contre lui un cartable d'écolier et avait un regard fixe.

- Vous avez la cassette ? lui demanda-t-il abruptement, se rendant compte trop tard de la brutalité de sa question.

- Oui, répondit Jim froidement.

Pour se rattraper, Nick lui sourit et s'excusa de l'avoir fait attendre.

- Je ne voulais pas que vous parliez à Arthur Brians, lui dit-il en guise d'explication.

Jim Simmons ignora la remarque et sortit de son cartable la cassette. Il la déposa solennellement sur le bureau de Nick Martins. Puis il croisa les bras et attendit.

Dérouté, Nick garda le silence. Il se jucha sur le bord de son bureau et lui fit signe de s'asseoir. Au bout d'une minute, Jim prit enfin la parole.

- Je suis venu vous voir pour une affaire urgente... sans doute une question de vie ou de mort.

Il s'arrêta, cherchant les mots exacts. Nick le

considérait avec une inquiétude grandissante.

- J'ai tout d'abord identifié l'homme qui a téléphoné à Poerava. C'est bien mon ancien étudiant, Ken Dowry.

- Vous êtes formel ?

- Absolument... Mais ne m'interrompez pas, je vous prie.

Nick ne put s'empêcher de grimacer mais se tut. Décidément Jim Simmons ne se départirait jamais de son ton professoral.

- Il existe à l'université une organisation, sorte de société secrète, qu'anime ce Ken Dowry. Les étudiants se réunissent sur le campus ou chez un professeur. Ils ont leurs rites et leur cérémonial. Jusque-là, rien à dire. Or, je sais que ce groupe a de dangereuses pratiques sectaires qui mettent en danger la vie de leurs adhérents.

- Ce sont des accusations graves, professeur.

Jim Simmons hocha la tête d'un air accablé.

- J'en mesure toute la portée, croyez-moi.

- Avez-vous des preuves ?

- J'ai mieux que ça.

Jim brandit la cassette.

- Cette cassette nous donne la date et probablement le lieu de la cérémonie initiatique durant laquelle les adeptes doivent mourir.

- Que dites-vous ?

- Je parle d'une mort collective. Pensez à la secte du Mont Carmel près de Waco, au Texas. Quatre-vingt-six personnes - hommes, femmes et enfants - ont péri dans les flammes, après un siège de sept semaines. C'était en avril 1993.

- Mon Dieu ! C'est affreux... Et quand a lieu cette macabre réunion ?

- Le 21 décembre.

- Mais c'est aujourd'hui ! Nous n'avons aucune marge de manœuvre.

- Je crois qu'il faut prévenir la police.

- Attendez ! Que faites-vous de Poerava dans tout ça?

- J'ai essayé de la joindre dans l'après-midi, mais elle n'était ni au journal ni chez elle. Son répondeur n'était même pas branché... Je suis très inquiet.

- L'inspecteur Brians aussi est inquiet. Il pense à un

maniaque, un tueur en série... Il m'a même parlé de meurtres rituels.

- Alors, je comprends tout maintenant ! Ces meurtres rituels sont dirigés contre tous ceux qui refusent ou entravent la marche de la secte et seront éliminés, un à un, avant le grand départ des fidèles pour l'au-delà... J'appelle la police.

- Non, je vous l'interdis !

Les deux hommes s'affrontèrent du regard. Puis Jim, le premier baissa les yeux.

- Qui croyez vous être pour me donner des ordres ? grommela t-il entre ses dents.

Et il se leva brusquement, attrapant ses papiers et les fourrant dans son cartable.

- Que faites-vous ?

- Je m'en vais.

Nick le regarda effaré. Il fit un effort sur lui-même et le retint par le bras.

- Je suis désolé. Acceptez mes excuses et restez.

- Vous êtes toujours désolé, mais cela ne vous empêche pas de vous comporter en tyran.

Puis se rasseyant, il ajouta.

- Vous êtes un monstre d'égoïsme. Si je reste, c'est pour elle.

- Faisons la paix, voulez-vous ?

Jim hésita. Il éprouvait une méfiance viscérale vis-à-vis du rédacteur en chef. Il n'aimait pas le monde d'argent et de pouvoir dans lequel il vivait. Son monde à lui était trop différent. Pourtant son intuition lui disait que Nick Martins ne le trahirait pas. Une question lui vint aux lèvres sans qu'il y réfléchisse.

- Pourquoi faites-vous tout cela.

Nick se renversa dans son fauteuil et éclata de rire.

- D'abord, parce que Poerava est notre meilleure journaliste et que je ne tiens pas à la perdre bêtement. Ensuite, parce que j'ai de l'amitié pour elle. C'est une fille intelligente et sensible.

- Cela existe l'amitié dans votre métier ? fit Jim d'un ton grinçant.

- Rarement en effet. Mais pour une fois, oui. Et ne soyez pas jaloux. Elle ne jure que par vous.

- Bon. Alors mettons-nous au travail et vite !

Les deux hommes écoutèrent à nouveau la cassette. Puis Jim expliqua ce qu'il savait de Ken Dowry, parla de l'université et de ses cours sur les migrations et le mode de vie des Anciens *Ma'ohi*.

Nick n'osa pas l'interrompre de peur de blesser sa susceptibilité. La fougue avec laquelle il parlait l'amusait. Son érudition l'étonna. Il comprenait mieux à présent ce qui avait séduit Poerava chez cet homme.

- Il nous reste deux choses à trouver : le lieu de la réunion et le nom du gourou, n'est-ce pas ? demanda-t-il, quand Jim eut terminé son exposé.

- C'est exact et j'ai maintenant besoin de votre astuce de journaliste.

- Oh, oh ! Voyons voir de quoi il s'agit.

Jim lui montra les deux colonnes de noms qu'il avait tracées deux heures auparavant. Méthodiquement, il lui lut chaque mot à voix haute, guettant la moindre expression sur son visage.

- Qu'en pensez-vous ? demanda Jim anxieusement.

- Moi, rien. Mais vous ? Aucun de ces mots ne vous rappelle le nom d'un dieu polynésien, d'un lieu sacré ou d'un symbole ?

- Si, *paiatua*.

- Et à quoi se rattache ce mot ?

- C'est la cérémonie très symbolique pendant laquelle les Grands Prêtres rentraient en contact avec les dieux polynésiens. Cela se passait généralement sur une plage.

Nick Martins se leva et arpenta plusieurs fois son bureau, se concentrant sur l'énigme à résoudre. Puis il se rassit et regarda Jim droit dans les yeux.

- La réunion peut donc avoir lieu sur n'importe quelle plage de Sydney ou encore plus simplement chez le gourou – ce qui nous avance guère... Supposons que ce soit chez un professeur. Qui, selon vous, serait susceptible de faire partie d'une secte ?

Jim pensa à Joy et son cœur se glaça.

- Je ne sais pas trop, balbutia-t-il. J'ai peur de me tromper.

- Ne m'avez-vous pas dit qu'un jeune professeur avait participé plus ou moins à des réunions.

- Si. Joy Hoggins, confessa Jim dans un souffle.

- Joy Hoggins ! Mais c'est le nom que m'a donné l'inspecteur Brians.

La stupeur se peignit sur les traits de Jim Simmons.

- Oui, continua Nick. Il avait un message pour vous.

- Lequel ? demanda Jim d'une voix étranglée.

- Attendez voir ... Ah oui, j'y suis. Il m'a dit de vous dire qu'elle était un membre actif de la Fondation Smith.

- Seigneur !

- Qu'y a-t-il ?

Jim avait pâli et ses mains tremblaient. Se pouvait-il qu'il eût été assez naïf pour croire en la sincérité de la jeune femme ? Avait- elle essayé de le manipuler ou était-elle aussi prise au piège ? Qui tirait les ficelles ? Il devait répondre à ses questions le plus vite possible.

- Excusez-moi, mais je dois partir immédiatement. Une explication avec Joy s'impose.

- Soyez prudent. Si c'est ce que je crois, elle peut être dangereuse.

Jim ne répondit pas.

- N'hésitez pas à m'appeler si vous avez besoin d'aide! lui cria Nick Martins alors qu'il refermait la porte derrière lui.

CHAPITRE 39

Jim avait quitté Nick, en colère contre lui-même. Il était bien décidé à demander des explications à Joy et à démêler le vrai du faux dans ce qu'elle allait lui dire. Il regarda sa montre. Il était seize heures trente. Joy avait cours jusqu'à dix-sept heures et avait l'habitude de corriger ses copies à l'université. Il irait donc directement à son bureau.

Il prit un taxi, promettant au chauffeur un bon pourboire s'il évitait les embouteillages. À dix-sept heures quinze, la voiture le déposait sur le campus. Jim paya et marcha à grandes enjambées en direction du bureau de Joy. Elle n'y était pas.

Ne perdant pas un instant, il se dirigea vers son appartement. Il grimpa quatre à quatre les trois étages et frappa, essoufflé, à sa porte. Il n'y avait personne. Désespéré, il cogna à coups redoublés s'acharnant sur la porte close, lorsqu'une voix haut perchée l'arrêta net.

- Que se passe-t-il ?

C'était la voisine de Joy qui venait d'entrebâiller sa porte, alertée par le bruit.

- Je cherche Joy Hoggins... C'est très urgent.

Elle hésita quelques secondes, puis lui demanda avec suspicion.

- Vous êtes de la police ?

- Non ! Pourquoi me demandez-vous ça ?

- Parce que je ne voudrais pas être mêlée à une sale histoire. Vous n'êtes pas le premier à la demander, vous savez !

- Je ne comprends rien à ce que vous racontez. Joy Hoggins avait cours à l'université aujourd'hui. Elle ne devrait donc pas tarder à rentrer.

- Vous faites erreur, mon beau monsieur. Joy est partie pour plusieurs jours.

- Quoi ! s'écria Jim, le sang battant à ses tempes. Que dites-vous ? Ce n'est pas possible ! Vous devez certainement faire erreur.

- Non, non. Elle m'a même précisé qu'elle partait avec des amis pour un séminaire à la campagne. « Un séminaire de la plus haute importance, madame Reynolds » avait-elle ajouté. Elle avait sans doute peur que je m'inquiète.

Jim était abasourdi. Il lui apparaissait de plus en plus évident que Joy menait une double vie et qu'elle l'avait trompé.

Soudain un détail lui revint en mémoire. Cette gravure qu'elle lui avait montrée la première fois à la bibliothèque et les recherches qu'elle lui avait demandées d'entreprendre. Le tiki, les rites traditionnels, les sacrifices humains…

Mon Dieu ! Il avait peur de comprendre.

La vieille femme le scrutait à présent avec la plus grande attention.

- Mais je vous ai déjà vu plusieurs fois ici, lui dit-elle tout à coup rassurée. Vous êtes un ami de Joy !

- En effet, répondit Jim d'un air absent.

- Entrez. Je vais vous montrer quelque chose.

- Pas aujourd'hui. Excusez-moi, madame Reynolds, mais je dois absolument trouver Joy et le temps presse. Vous comprenez, c'est très urgent. Je ne sais même pas où a lieu le séminaire.

- Oh, si ce n'est que ça ! Je peux peut-être vous aider.

- Vraiment ?

- Oui. Avant son départ en week-end, elle a dû appeler l'un de ses amis pour lui communiquer l'adresse de la maison où ils se rendaient. Sa porte était ouverte et j'ai tout entendu : 114 Newland Street à Whale Beach.

- Mais c'est loin du centre-ville !

- À peu près deux heures en voiture. Peut-être plus à cette heure- ci.

Jim fut submergé par un sentiment d'urgence. Et s'il arrivait trop tard ?

- Merci infiniment, madame Reynolds. Vous m'avez été d'un grand secours. Maintenant je dois partir.

Un garçon très sympathique, pensa la femme en refermant sa porte. Joy Hoggins avait réellement de la chance. Dommage qu'il fût si pressé. Elle aurait aimé lui parler de cet homme élégant qui était venu lui porter cette curieuse serviette en cuir.

Dehors, Jim se rua dans une cabine téléphonique et appela Poerava chez elle. Il laissa sonner la tonalité très longtemps, espérant qu'elle finirait par répondre. Il nota avec un certain malaise qu'elle n'avait pas branché son répondeur, ce qui lui était tout à fait inhabituel. À la quinzième sonnerie, il raccrocha. Puis il composa le numéro de téléphone de Nick Martins.

Nick se préparait à quitter le journal, lorsque le téléphone sonna. Il ne fut pas surpris d'entendre Jim à l'autre bout du fil. Il s'y attendait plus ou moins.

- Je crois savoir où va se réunir la secte, lui dit Jim d'une voix blanche... dans une maison à Whale Beach.

Nick fit la grimace mais ne dit rien.

- L'inspecteur Brians a raison, continua Jim. Joy Hoggins est des leurs.

- Comment pouvez-vous en être si sûr ?

- Le tiki. Vous vous rappelez ?

- Bon sang, soyez plus clair ! Je ne vois pas du tout à quoi vous faites allusion.

Nick commençait à s'énerver. Ce n'était ni le jour ni l'heure de jouer aux devinettes. Il se contint néanmoins, connaissant trop bien la susceptibilité de Jim.

Jim Simmons s'éclaircit la voix et reprit plus calmement.

- Le message téléphonique qu'a reçu Poerava avant son accident, vous vous souvenez ?

- Évidemment ! fit Nick, faisant mine de ne pas remarquer le ton sarcastique de la question.

- Eh bien, il contenait deux références de la plus haute importance : la période d'abondance et le *paiatua*. Ces deux références nous ont d'ailleurs permis de découvrir que le jour du suicide collectif de la secte était le 21 décembre, c'est-à-dire aujourd'hui. Or ...

- Nous perdons du temps, Jim. Un temps précieux qui peut, si j'en crois votre théorie, coûter la vie à des dizaines de personnes. Dites-moi plutôt ce qui vous fait croire maintenant que Joy est réellement impliquée dans cette secte. L'inspecteur n'a parlé que de la Fondation Smith.

- Je ne connais pas la Fondation Smith. Mais je sais qu'il existe une secte à l'université et que les réunions avaient lieu chez elle. J'ai été naïf au point de croire que Joy s'intéressait à mes travaux, alors qu'elle cherchait simplement à utiliser mes connaissances en civilisation polynésienne. Elle avait besoin de comprendre la symbolique d'une certaine gravure représentant un magnifique tiki. C'est pour cette seule raison qu'elle m'a abordé à la bibliothèque.

- Nous sommes tous naïfs à un moment donné de notre existence, fit Nick doucement.

- Peut-être. Mais elle m'a bel et bien manipulé. J'ai tout compris lorsque sa voisine m'a affirmé qu'elle était partie à un séminaire. Elle aurait du être à l'université. Elle a cours aujourd'hui... Tout concorde, vous voyez. La date, le lieu, les événements de ces derniers jours.

Nick Martins avala nerveusement sa salive.

- Vous en êtes certain ? lâcha-t-il au bout d'un moment.

- Parfaitement ... J'ai aussi appelé Poerava. Elle n'est pas chez elle.

Nick pensa au pendentif en forme de tiki qu'il avait vu chez l'inspecteur et à l'enquête difficile qu'avait menée la jeune journaliste auprès de la Fondation Smith. Soudain il comprit que les deux affaires étaient liées.

- Vous avez raison, il n'y a pas un instant à perdre. Je passe vous prendre. Où êtes-vous exactement ?

Nick nota l'adresse sur son filofax de poche et se leva brusquement. Il leur fallait faire vite. Le temps était compté.

- Je préviens la police dit-il avant de raccrocher.

- Inutile, rétorqua Jim. C'est déjà fait. Ils seront sur les lieux en même temps que nous.

- Espérons-le !

CHAPITRE 40

La voiture roulait à vive allure sur la route qui menait à Whale Beach. Le vent s'était levé. Des écharpes de nuages s'effilochaient dans le ciel qu'éclairait faiblement le soleil couchant. Paul Dorval, assis à côté du conducteur, fixait le bitume et restait sourd aux gémissements de la passagère, qui à présent s'agitait sur la banquette arrière.

- Vous devriez voir ce qu'elle a, suggéra l'homme qui était au volant.

La réponse claqua, sèche et brutale.

- Ne vous en occupez pas et roulez.

Tony Smith se rembrunit et lui lança un coup d'œil réprobateur. Paul fixait toujours la route. La tension avait figé ses traits. Son expression était dure et ses mâchoires serrées. Il était presque méconnaissable.

- Accélérez ! lui ordonna-t-il.

Cette fois, Tony ne fit aucun commentaire. Il déboîta et appuya sur l'accélérateur. C'était une question de minutes. Paul Dorval le leur avait répété bien des fois. Il leur fallait aussi de l'audace et de l'autorité. Personne jusque-là n'ayant montré ces qualités, ils avaient accueilli le chercheur néo-zélandais avec enthousiasme. Leur Président, John Knox et leur bienfaitrice la contessa Di Toso, l'avaient tellement recommandé qu'aucun d'entre eux n'avait hésité à le reconnaître comme leur Grand Maître. Même lui, Tony Smith neveu du fondateur, n'avait pu que s'incliner devant ses dons exceptionnels. Aucun doute. Avec un tel homme, tous les suivraient.

Il regarda dans son rétroviseur. La jeune femme était toujours allongée. Dans le crépuscule naissant, il ne voyait que le dessus de sa chevelure de jais. Elle dormait probablement.

Il se demanda pourquoi Paul l'avait choisie. Elle était très belle et possédait certains dons qu'apparemment elle ignorait. Mais il avait senti chez elle, dès le premier instant, une réticence qui pouvait leur être néfaste. Il n'approuvait pas non plus l'emploi du puissant sédatif que Paul avait fait boire à la jeune femme. Cela ressemblait à un enlèvement et pouvait leur attirer des embêtements.

Un panneau routier lui indiqua qu'ils étaient bientôt arrivés. Au même moment, Paul consulta sa montre. « Dix-sept heures dix. Nous sommes dans les temps » dit-il avec satisfaction. Puis il tourna la tête vers la jeune femme et fronça les sourcils. Dans son agitation, Poerava avait fait glisser son chemisier qui découvrait à présent son épaule.

- Prenez la prochaine sortie et tournez tout de suite à droite..... Je m'occupe d'elle.

Ne voulant pas quitter des yeux la route, il plongea le bras à l'arrière de la voiture et s'arc-bouta sur son siège. À tâtons, sa main remonta le long du corps de la jeune femme, s'attarda un instant sur son épaule, puis remit le chemisier en place.

La voiture avait à présent ralenti. Des bourrasques de vent chaud tournoyaient dans l'air et faisaient tanguer dangereusement le véhicule.

- Si la température augmente encore, nous aurons droit à un vrai cyclone, pronostiqua Tony Smith.

Paul Dorval ne répondit pas, trop absorbé dans ses pensées. La moindre erreur pouvait en effet faire échouer le plan qu'il avait si soigneusement élaboré. D'abord la réunion des Grands Initiés durant laquelle lui seraient remis tous les pouvoirs. Il n'y aurait pas plus de dix personnes, en comptant Joy. Puis celle du Petit Cercle pour la grande migration cosmique vers la constellation des Pléiades. Pour eux, il n'y avait pas d'échappatoire. Tous les membres devaient être présents. Enfin, une fois le rituel accompli, lui et Poerava ...

La voiture stoppa brutalement.

- Qu'y a-t-il ?

- Je ne sais pas... On dirait un accident, répondit Tony.

Un poids lourd était en travers de la route et bloquait la circulation. Deux autres voitures étaient à l'arrêt et les conducteurs parlementaient avec le camionneur.

- Faites demi-tour ! s'écria Paul d'une voix qui vibrait d'impatience.

Dix-sept heures vingt. Des gouttes de sueur perlaient sur son front et glissaient lentement le long de sa joue. Du revers de la main, Paul s'essuya et reprit son calme.

- Nous allons contourner ce pâté de maisons et retrouver la route que nous venons de quitter. Si nous nous pressons, nous pouvons rattraper notre retard.

- Pas avec ce temps-là.

- Si. Même avec ce temps... Il le faut Tony ! Je vais vous guider.

Dix-sept heures vingt-huit. La voiture s'immobilisa devant une grande bâtisse, d'aspect sévère. Ils avaient cinq minutes de retard. Le front soucieux, Paul jaillit de la voiture et ouvrit la portière arrière.

Poerava battit des paupières, revenant peu à peu à elle. Un brouillard opaque dansait devant ses yeux et l'empêchait de voir où elle était. Elle distingua pourtant une forme penchée sur elle et reconnut une voix féminine.

- Rosalyn ! murmura-t-elle instinctivement.

- Non. C'est Joy... Rosalyn est morte.

Prise de panique, Poerava essaya de crier. Aucun son ne sortit de sa gorge. Elle voulut s'asseoir, mais ses forces l'abandonnèrent.

Elle retomba en arrière, trop lasse pour lutter.

- Elle s'est rendormie ! Venez m'aider.

Joy Hoggins fit signe à deux hommes qui se tenaient à l'écart et qui accoururent aussitôt. Paul Dorval et Tony Smith avaient disparu.

La maison se dressait sur pilotis, au bord de la dune, éloignée de tout voisinage. Une volée de marches accédait au porche d'entrée. Les deux hommes saisirent Poerava à bras le corps et se ruèrent vers la maison, baissant la tête pour se protéger du vent qui avait redoublé d'intensité.

- Par ici, dit Joy, en désignant une petite pièce à droite de l'entrée.

Un lit en fer et une chaise composaient le mobilier de la pièce qu'éclairait une large fenêtre. Les deux hommes déposèrent brutalement Poerava sur le lit et s'en allèrent, pressés d'aller se désaltérer. Joy Hoggins s'approcha de la jeune femme. Elle respirait péniblement, les mains crispées sur la poitrine. Ses cheveux de jais scintillaient de mille gouttelettes d'eau.

Elle fut frappée par sa beauté et ressentit un pincement de jalousie. C'était donc elle que Paul avait choisie ! Saurait-elle tenir son rôle ? Elle s'assit près du lit et la détailla sans pudeur. Elle déboutonna son chemisier, découvrant ses épaules et ses seins. Poerava bougea la tête, mais ne se réveilla pas. Le sédatif qu'on lui avait administré était puissant, Joy pouvait continuer tranquillement son inspection.

Une légère trace rouge sur l'épaule de Poerava attira toute son attention. Paul avait donc commencé le rituel. Pourquoi ne lui avait-il rien dit ? En regardant de plus près, elle s'aperçut que la blessure n'avait pas été faite avec le stylet habituel. C'était une morsure .... celle réservée à la Grande Prêtresse !

Le visage de Joy se tordit sous l'effet de la jalousie. Elle avait cru un instant que ... peut-être... un jour. Mais non. C'était destiné à une autre. Elle reboutonna le chemisier de Poerava, se leva et quitta la pièce.

- A tout à l'heure, ma beauté ! lança-t-elle par-dessus son épaule. Tu ne perds rien pour attendre.

Vingt minutes plus tard, Joy Hoggins se dirigeait d'un pas ferme vers la grande salle du rez-de-chaussée où devait avoir lieu la cérémonie d'intronisation. Elle avait noué ses cheveux en chignon, comme le lui avait recommandé Paul, et portait une longue tunique. Ses paupières étaient maquillées d'un épais trait de khôl, soulignant, d'une manière frappante, le bleu profond de ses yeux. Un large bracelet de nacre encerclait le haut de son bras droit. Silencieuse, elle poussa la haute porte et pénétra dans la vaste pièce. Paul se dressait sur une estrade, vêtu d'une cape écarlate. Il tenait à la main un tiki en os et s'était placé sous un spot lumineux qui l'éclairait d'une lumière diffuse. Un écran géant projetait l'image en trois dimensions d'un *marae*[12], créant l'illusion que Paul allait y pénétrer.

Soudain il se tourna et interpella un technicien.

- Ted, avez-vous préparé la sono et les effets spéciaux ?
- Oui. Tout est en place.
- Parfait... Plus qu'une heure avant le début de la cérémonie durant laquelle tous nos frères se prépareront au grand départ.

Paul Dorval balaya la salle du regard et aperçut Joy. Elle le regardait, fascinée, comme chaque fois qu'elle était en sa présence. Il savait qu'elle lui était dévouée corps et âme. Il connaissait son pouvoir sur les femmes et il ne put, une fois encore, résister à l'envie de l'exercer sur elle. Très sûr de lui, un léger sourire flottant aux lèvres, il s'avança. Il nota que les yeux de la jeune femme étaient d'un bleu plus profond que d'habitude, mais n'y prit pas garde. Elle était sans doute inquiète. Qui ne l'était pas aujourd'hui ?

- Tout est prêt, Joy ?

Elle ne répondit pas. Calmement, il répéta sa question. La réponse le prit par surprise.

- Vous n'avez pas respecté notre loi !
- Que dis-tu ? dit-il d'une voix où perçait la colère.
- Notre loi stipule, scanda la jeune femme, que personne ne doit porter la main sur la Grande Prêtresse avant son sacrifice rituel. Or vous l'avez fait!
- Je suis le Grand Maître, rugit Paul. L'as-tu oublié ?
- Non. C'est pourquoi je veux vous sauver d'un déshonneur certain.

Paul se détendit et sourit.

- Mais voyons, qui t'écoutera ? Ils me sont tous acquis.
- Pas si je leur dis que vous dénaturez nos croyances.
- Comment oses-tu ?

Il s'avança vers elle, les poings serrés.

- Comment oses-tu, répéta-t-il, me défier de la sorte ! Toi, que j'ai élevée jusqu'à moi. Tu n'as donc rien compris.

Il la saisit par le bras et, fou de rage, l'entraîna hors de la pièce.

---

[12] *lieu de culte ancestral*

CHAPITRE 41

La nuit était tombée. Personne ne pouvait le voir. Ken Dowry se hissa jusqu'en haut de l'échelle et pressa son visage contre les carreaux. Elle gisait inanimée, à deux mètres de lui. Sans défense. Il avait enfin compris le jeu de Paul Dorval. Comme les autres, le Néo-Zélandais s'était joué de lui. C'était injuste et il était bien décidé à se dédommager.

Qui avait suivi la jeune femme, épiant ses moindres gestes ? Qui l'avait renversée avec sa moto ? Qui l'avait effrayée à bord de sa voiture ? Qui ? Sinon lui. Celui à qui l'on demandait toujours les sales besognes. Il avait même été obligé de substituer cette ancienne gravure à l'université, courant des risques énormes. Et contre quoi? Une réinscription !

Ken ricana. Heureusement, il ne s'était pas laissé faire et l'avait gardé comme monnaie d'échange. S'il n'obtenait pas ce qu'il voulait, c'était sûr qu'il les dénoncerait à la police. Mais avant, il allait se venger, quel qu'en fût le prix à payer.

De toute façon, la journaliste était droguée et il n'y avait aucun risque. Ils étaient tous occupés à préparer la cérémonie d'investiture et la réunion des fidèles du Petit Cercle. Une fois encore, ils l'avaient jeté dehors, le travail exécuté et avaient oublié de le remercier, comme ils le devaient.

Sans bruit, il prit dans son sac à dos une ventouse et l'appliqua sur le carreau de la fenêtre. Exactement comme il l'avait vu faire si souvent au cinéma, il découpa le verre tout autour. C'était un jeu d'enfant. Ensuite il passa le bras et fit tourner doucement la poignée. La fenêtre s'ouvrit.

En sautant sur le sol, le parquet grinça. Ken retint sa respiration. Poerava s'agitait. Que se passerait-il, si elle se réveillait et appelait à l'aide ? Ils le tueraient. À cette pensée, il eut peur pour sa vie et fut sur le point de s'en retourner. Alors, il songea au document qu'il détenait et sourit. Il ne risquait rien.

Il s'approcha et la contempla, le souffle coupé.

Il connaîtrait peut-être enfin sa revanche. Lui que les femmes trouvaient laid. Lui qui organisait les plaisirs des autres. Il allait enfin abandonner son rôle de voyeur pour celui d'acteur de sa propre vie. Un sentiment d'allégresse s'empara soudain de lui. Puis il se mit à réfléchir. Allait-il la tuer d'abord ? Il n'avait jamais fait l'amour avec une morte. Ni avec une femme vivante d'ailleurs. Il frissonna.

Il posa son sac à dos sur la chaise, l'ouvrit et en sortit une fine cordelette de nylon. Il avait toujours été prévoyant. Il eut un petit rire en pensant à sa mère. « Tu me remercieras un jour » avait-elle l'habitude de lui dire et ce jour était arrivé.

Consciencieusement, il s'assura de la solidité de la cordelette et enroula les extrémités autour de ses poings. Puis il se pencha au-dessus de Poerava, la cordelette bien en main.

CHAPITRE 42

La voiture de police fonçait dans la nuit, gyrophare et sirène en action. Arthur Brians était assis sur la banquette arrière avec son adjoint Derek Robinson. Tous deux essayaient de démêler les fils apparemment embrouillés de l'enquête et en étudiaient minutieusement chaque détail.

Ils avaient avancé à pas de géant toute la journée. Le matin même, l'inspecteur avait à nouveau auditionné les deux témoins de l'accident de la journaliste. Ils avaient confirmé ce qu'ils lui avaient déjà dit la première fois, à savoir qu'un motard avait délibérément foncé sur la jeune femme. Pour eux, il n'y avait aucun doute. Ce n'était pas un accident.

Qui avait donc intérêt à tuer Poerava Morton ? C'était la question qu'Arthur Brians retournait dans sa tête, inlassablement depuis le matin.

Après son entrevue avec Nick Martins, il avait rapidement abandonné la piste du jeune stagiaire pour se concentrer sur les agissements pour le moins inquiétants d'une poignée d'étudiants. Les témoignages de John Barnett et surtout de Jim Simmons avaient été décisifs. Il avait découvert en ce professeur d'université une grande rigueur morale et l'avait immédiatement écarté de sa liste de suspects.

Paul Dorval l'intriguait davantage.

Le dossier que lui avait remis Derek Robinson en milieu d'après-midi avait apporté plusieurs éléments de réponse aux questions qu'il se posait. Il lui avait confirmé non seulement que Poerava Morton enquêtait depuis plusieurs mois sur la Fondation Smith en vue d'une série d'articles sur les sociétés secrètes, mais avait aussi éclairé d'un jour nouveau la personnalité multiple de Paul Dorval.

Les rapports de police néo-zélandais, transmis après bien des tergiversations, faisaient en effet état des nombreux déplacements suspects de ce dernier et attestaient de son rôle au sein de la Fondation Smith. D'autre part, ils révélaient que Luciana di Toso versait régulièrement au chercheur une somme d'argent importante.

Les pièces du puzzle se mettaient ainsi petit à petit en place. Restait à résoudre l'énigme des meurtres rituels et leur lien présumé avec l'accident de Poerava Morton.

- Cela prend décidément une mauvaise tournure, maugréa Arthur Brians entre ses dents.

- Pourquoi, patron ? Les choses avancent au contraire.

- Trop vite à mon goût, grogna l'inspecteur. Nous n'avons pas de preuves ... uniquement des présomptions. Nous allons droit au casse-pipe.

- Allons, inspecteur, ne soyez pas si pessimiste ! Moi, je crois qu'au contraire nous touchons au but.

- Prenons la brancardière. À part un curieux tatouage et une cicatrice, qu'avons-nous de concret ? ... Rien.

- Elle a quand même été tuée en se rendant au journal.

- Supposition ! Qu'est-ce qui nous prouve qu'elle allait bien au *Sydney Post* ? Ce n'est pas parce qu'elle avait sur elle l'adresse du journal, qu'il faut en déduire qu'elle avait *réellement* l'intention de s'y rendre ! Et qu'est-ce qui nous dit qu'elle ne s'est pas suicidée, après tout ?... Rien.

Les deux hommes restèrent pensifs un long moment. Puis l'inspecteur reprit la parole.

- Même chose pour la comtesse italienne. Elle a très bien pu, elle aussi, mettre fin à ses jours.

- C'est en tout cas la thèse du procureur, n'est-ce pas?

- Oui, jusqu'à preuve du contraire, répondit l'inspecteur avec lassitude.

- Mais pour quelle raison, une femme comme elle, se serait-elle suicidée? insista Derek, perplexe.

- Aucune idée, répliqua l'inspecteur ... Que nous dit sa fiche ?

Derek Robinson feuilleta fébrilement le gros dossier à la recherche de la note dactylographiée concernant la contessa.

- Nous y sommes ! exulta-t-il soudain radieux.

Puis il émit un petit sifflement.

- Patron, écoutez ça ! Luciana di Toso était la principale bienfaitrice de la Fondation Smith. Amie intime du magnat de la presse John Knox, elle était la personnalité étrangère la plus influente de Sydney. Très connue aussi pour ses sympathies envers les milieux occultes internationaux.

Les deux hommes se regardèrent. Ils pensaient à la même chose. Si ces meurtres impliquaient de près comme de loin des personnages en vue, le scandale serait retentissant. Il leur faudrait des preuves solides. Derek, le premier, rompit le silence.

- Vous oubliez la cassette, patron ?

- Ah oui, parlons-en !

En début d'après-midi, Nick s'était enfin décidé à envoyer la cassette contenant le message qu'avait reçu Debbie sur son répondeur, le jour de l'accident. L'inspecteur et ses hommes s'étaient perdus en conjectures.

- Totalement incompréhensible, reprit Arthur Brians à mi-voix comme se parlant à lui-même. En fait, tout nous ramène à la Fondation Smith.

Il regarda l'adresse : 114 Newland Street et hocha la tête.

- La seule preuve tangible, c'est sur place que nous l'aurons. À supposer que ce soit la bonne adresse et que nous n'arrivions pas trop tard.

- Et si le professeur nous menait en bateau ? suggéra Derek, se faisant pour une fois l'avocat du diable.

- Impossible. La journaliste est sa petite amie et il a tout intérêt à la retrouver vivante.

- Ouais. Mais imaginons qu'il se soit trompé !

- Possible mais peu probable. En effet, que faites-vous du deuxième appel dénonçant Paul Dorval et nous communiquant la même adresse ?

- Bien vu, inspecteur. À moins que ...
- À moins que ? ... Bon Dieu, finissez vos phrases !
- Je pensais à une manœuvre de Nick Martins. Il avait l'air tellement exaspéré ces derniers jours et semblait vous en vouloir beaucoup.

L'inspecteur Brians éclata d'un rire franc, puis lui dit d'un ton grave.

- Soyons sérieux, Derek. Nick a bien des défauts, mais je ne le crois pas capable de monter un coup tordu comme celui-là. Et puis il est très attaché à Poerava Morton. Lui aussi veut la retrouver vivante et...il a besoin de nous.

Sur ces mots, il se cala dans son siège et se replongea dans la lecture de ses notes.

Ils avaient déjà perdu beaucoup trop de temps et, au fond de lui-même, il craignait d'arriver trop tard sur les lieux. Heureusement, il y avait eu ces deux coups de fil qui l'avait décidé à passer à l'action.

À dix-sept heures précises, un fax était tombé leur notifiant que des va-et-vient suspects avaient été signalés toute la journée par la police de Whale Beach. Puis Jim Simmons avait appelé vers dix-huit heures. Sachant que la Fondation Smith avait depuis peu des centres de séminaires dans toute la région, il avait tout de suite fait le rapprochement.

Ensuite, tout avait été très vite. Quinze minutes plus tard, un second appel corroborait les dires du professeur. Derek réussissait à arracher au procureur un mandat de perquisition et, sans plus attendre, ils s'élançaient sur les traces de Joy Hoggins et de Paul Dorval.

- Vous avez vu ça, inspecteur ? fit soudain son adjoint en rattrapant au vol une photographie qui venait de glisser du dossier. Nous l'avons trouvée au domicile de Poerava Morton, ce matin.

Arthur Brians fronça les sourcils.

- Non. Montrez-moi...Bon Dieu, Derek ! On jurerait la jeune journaliste.
- Pourtant, ce n'est pas elle. La photographie date d'au moins trente ans. Même chevelure d'un noir de jais, même allure, même visage fin...Vous ne voyez rien d'autre ?

L'inspecteur se pencha en avant, intrigué.

- Si...Un pendentif similaire à celui retrouvé sur Rosaleen Duffy?

- Exact. Hallucinant, non ?

- Oui. Il est évident qu'on a essayé de terroriser la jeune journaliste afin de la fragiliser et de la rendre dépendante. La peur, la manipulation sont des armes propres aux sectes et ces gens sont dangereux. J'espère seulement que nous arriverons à temps.

Au moment où la voiture quittait la route, les conditions météorologiques changèrent subitement. La pluie torrentielle cessa et les lourds nuages se déchirèrent, laissant apparaître un magnifique ciel étoilé. Bien que la pleine lune rendît la visibilité meilleure, Arthur Brians demanda au chauffeur de ralentir. La route était étroite et la chaussée noyée d'eau par endroits. De plus, il devait maintenant coordonner son action avec la police locale. Il se tourna vers son adjoint, alluma son téléphone mobile et lui dit d'un ton solennel.

- Nous ne pouvons plus reculer maintenant. Les dés sont jetés. J'appelle nos collègues pour qu'ils nous prêtent main-forte.

- C'est bon, patron. Entre pros, vous verrez, tout se passera bien.

En disant ces mots, Derek Robinson ne put s'empêcher de penser à Jim Simmons et Nick Martins qui eux aussi filaient dans la nuit.

CHAPITRE 43

Poerava perçut un bruit de pas. Léger. Presque imperceptible. Elle essaya de se réveiller. Ses paupières étaient pesantes. Elle bougea la tête, puis sombra à nouveau dans le sommeil. Le temps se dilua... Soudain, elle entendit une respiration tout contre elle.

Quelqu'un l'observait.

Affolée, elle rassembla toutes ses forces et s'éveilla. Ses yeux s'emplirent d'effroi, lorsqu'elle vit le visage d'un homme penché au-dessus d'elle. C'était le même homme que celui qui l'avait suivie avec son 4x4 et elle savait qu'il lui voulait du mal.

- Je vous en prie ! réussit-elle à articuler.

Les yeux de Ken étincelèrent de fierté. Elle le suppliait à présent! Il colla sa bouche à son oreille et lui susurra d'un ton mielleux.

- Tu ne sentiras rien, ma jolie ! Parole de pro.

Poerava voulut crier.

- Inutile ! Personne ne t'entendra. Ils sont tous trop occupés...Et ne me force pas à te bâillonner.

Puis il ricana et ajouta :

- J'ai d'ailleurs une bien meilleure idée. Je suis sûre que tu vas aimer.

Il colla ses lèvres visqueuses sur les siennes et appuya doucement la cordelette sur son cou. Il allait la tuer lentement. Cela ne serait pas trop difficile après toutes les drogues qu'ils lui avaient fait boire.

Poerava se débattit, cherchant désespérément à le repousser. Mais rapidement épuisée, elle s'abandonna. Elle était trop affaiblie pour lutter.

Soudain Ken pensa à Paul Dorval et ses mains se crispèrent. Puis il haussa les épaules. Après tout, Paul Dorval serait content. Il faisait le sale boulot à sa place. Rassuré, il pesa de tout son poids sur le corps de Poerava et commença à serrer la cordelette. Au moment où elle suffoquait, incapable de se libérer, des bruits d'altercation leur parvinrent du couloir. Surpris, Ken relâcha son étreinte. Poerava en profita pour aspirer violemment une bouffée d'air. Elle voulut appeler au secours, mais les mots s'étouffèrent au fond de sa gorge.

Les voix se rapprochèrent. Alors prenant peur, il se redressa prestement et se dirigea vers la fenêtre, tentant de s'échapper. La porte s'ouvrit avec fracas et Paul Dorval, suivi de deux hommes et d'une femme entra dans la pièce.

- Arrête, vermine ou tu es un homme mort ! hurla-t-il, brandissant un revolver.

Ken Dowry s'immobilisa. Il n'osa pas se retourner.

- Qu'essayais-tu de faire ?

- Je croyais que vous vouliez que je la tue, répondit Ken d'un ton plaintif.

- Imbécile ! Sors et que je ne te trouve plus jamais sur mon chemin.

Quand Ken eut quitté la pièce, Paul se tourna vers les deux hommes et leur fit signe de sortir.

Il s'assit lourdement sur la chaise, les yeux fixés sur Poerava. Joy n'avait pas bougé.

Elle se tenait près de la porte et attendait que Paul prît la parole.

- S'il lui arrive quoi que ce soit, dit-il d'une voix sourde, les Grands Initiés ne pourront pas quitter cette terre pour notre dernière migration. Nous aurons manqué notre but et je ne me le pardonnerai jamais.

- Est-ce qu'une autre prêtresse peut la remplacer ? demanda timidement Joy, son cœur battant à tout rompre dans sa poitrine.

- Jamais ! Il n'y a qu'une seule Grande Prêtresse et c'est elle.

Puis dans un murmure, comme se parlant à lui-même, il ajouta.

- Je la cherche depuis si longtemps... Tu ne peux pas comprendre, Joy... Elle ressemble à ma mère quand elle était jeune. La même voix. Le même rire clair. Les mêmes cheveux. Et puis elle a ses dons, bien qu'elle ne les maîtrise pas encore, mais ils sont là.

Il se leva et s'approcha de Poerava.

- Regarde comme elle est belle ! Tu vas bientôt assister à un mariage cosmique. Nos souffles ne feront plus qu'un.

Il promena sa main sur le visage de la jeune femme et le long de son corps. À ce léger contact, Poerava tressaillit. Il s'agenouilla auprès d'elle et lui chuchota.

- Il faut patienter encore un peu. Je viendrai vous chercher après ma cérémonie d'investiture pour notre mariage et notre départ avec tous les autres.

Il se tourna alors vers Joy et lui tendit la main.

- Viens près de moi. ... Toi tu as été choisie pour assister la Grande Prêtresse. L'enduire d'huiles sacrées, la vêtir de sa tunique et me l'emmener, belle et consentante... Approche.

Joy jeta un regard de biais à Poerava qui gémissait faiblement, hésita une fraction de seconde et vint vers Paul.

- Pourquoi hésites-tu ? Tu es jalouse ?

Joy baissa la tête et rougit.

- Déshabille-toi, dit-il brutalement. Je veux te voir nue une dernière fois.

Avec des gestes lents et mesurés, Joy Hoggins fit glisser sa tunique. Elle ne le quittait pas des yeux. Quand elle eut enlevé ses vêtements, il éclata d'un rire nerveux et ouvrit la porte en grand. Puis faisant signe à l'un des gardes en faction dans le couloir, il lui cria :

- Amenez-lui l'une de mes capes ! Elle assistera à la cérémonie dans cette tenue.

Satisfait de la plaisanterie, il sortit à son tour laissant Joy brisée d'humiliation.

Les pas s'étaient éloignés et le silence était retombé. Poerava reprenait peu à peu ses esprits. Elle essayait de se souvenir.... sa découverte l'an passé d'une secte au sein de la Fondation Smith auquel appartenait John Knox...la cassette….son accident…..la réunion chez Paul….. les hallucinations.

Les événements commençaient à prendre forme et le lourd brouillard qui avait obscurci son cerveau s'estompait peu à peu. Elle se souvint clairement de l'homme à la cape blanche. C'était Paul Dorval. Dans sa demi inconscience, elle avait reconnu sa voix... mariage cosmique... le départ avec les autres... De quoi s'agissait-il ? Une peur irraisonnée la saisit à la gorge. Une idée effrayante se faisait jour peu à peu.

Pourquoi Paul Dorval l'avait-il emmenée dans cette maison, contre son gré ? Qu'allait-il faire d'elle ? Et cette femme blonde qui la détestait.

Elle devait sortir de cette pièce avant le retour de Paul Dorval. C'était une question de vie ou de mort. Poerava se souleva péniblement sur un coude et se força à garder les yeux ouverts. Les murs dansaient autour d'elle et ses cheveux étaient mouillés de sueur. Elle s'accrocha au lit pour se lever. Ses jambes se dérobèrent sous elle. Elle tomba.

S'agrippant d'une main à la couverture et de l'autre à la chaise, elle réussit à se relever. Dans un ultime effort de volonté, elle avança en titubant jusqu'à la porte. Elle savait pour l'avoir entendu qu'elle donnait sur un large couloir et peut-être la sortie. Elle dut s'y appuyer un instant pour reprendre sa respiration. La tête lui tournait. Puis, doucement, elle l'entrebâilla priant le ciel qu'il n'y eût personne de l'autre côté.

Le couloir était désert. Elle s'y engagea aussitôt. Dans le hall, un escalier imposant montait à l'étage et une porte à double battant ouvrait sur le perron. Espérant qu'elle ne serait pas fermée à clé, elle se précipita aussi vite que le lui permirent ses jambes molles et, d'une main tremblante, tourna la poignée. Mais la porte était verrouillée de l'extérieur.

Poerava chercha désespérément du regard une autre issue. Elle vit, derrière l'escalier, un couloir, sombre et étroit, qui menait à l'arrière de la maison. Sans réfléchir, elle traversa l'entrée et s'y engouffra.

Le couloir était long et les murs couverts de taches d'humidité. Elle avait du mal à respirer. Ses tempes bourdonnaient. Elle pensa à un autre couloir sombre. Autrefois il y a bien longtemps, lorsqu'elle était petite fille. Elle crut entendre un cri... Puis la voix de Paul Dorval qui l'appelait. C'était sans doute son imagination. Soudain une porte claqua et elle perçut distinctement des bruits de pas derrière elle. Au fond du couloir, il y avait une porte entrouverte. Si elle l'atteignait, elle était sauvée. Elle pourrait s'enfuir et chercher de l'aide.

Les pas se rapprochèrent. Hors d'haleine, elle poussa enfin la porte, la referma derrière elle et tira le verrou. La pièce où elle se trouvait était la cuisine. Elle était éclairée d'une ampoule au plafond et paraissait en désordre. L'évier était encombré de bouteilles d'alcool vides. Sur la table étaient empilés des dizaines de sacs poubelle en plastique qui avaient été soigneusement dépliés et rangés. Une chaise était renversée.

Elle sursauta. Paul essayait d'ouvrir la porte de la cuisine. Il ne fallait pas qu'il la trouve. Elle éteignit la lumière et se dirigea à tâtons vers la porte du jardin. Elle n'était pas fermée à clé. Elle l'ouvrit précipitamment et dégringola l'escalier en bois aussi vite qu'elle le put.

Un fracas lui indiqua que, là-haut, la porte venait de céder.

CHAPITRE 44

Paul s'élança à sa poursuite. Rapide et silencieux comme un félin, il dévala l'escalier. La pleine lune éclairait d'une lumière blafarde la dune, durcissant les ombres. Le vent était tombé. L'air était étrangement immobile.

Il tenta de s'orienter. Où pouvait-elle se cacher ? Il scruta la demi obscurité et crut discerner un léger mouvement dans les hautes herbes près d'une remise. Il s'approcha, les nerfs tendus.

Il allait être obligé de la tuer maintenant.

Il soupira. Jamais, elle ne comprendrait ce qu'il avait rêvé et imaginé pour eux deux. Il repensa à la tunique en voile pourpre de Grande Prêtresse qu'il avait déposée sur son lit, à son intention.

Il leva les yeux vers le ciel. Très loin, la constellation des Pléiades l'appelait. Il se mit à transpirer. Le départ était proche. Les chants des adeptes, qui se préparaient au sacrifice, brisaient le silence à intervalles réguliers. Une vie nouvelle allait commencer.

Mais avant, il fallait qu'il retrouve Poerava.

D'un pas assuré, il se dirigea vers la remise. Accroupie, le cœur battant, elle le regardait s'approcher. Quand il ne fut plus qu'à un mètre, elle se leva d'un bond et se mit à courir. Il fut sur elle en un instant et la plaqua sur le sol.

- Poerava, mon amour, pourquoi voulez-vous m'échapper ? N'avez-vous donc pas compris que vous m'appartenez pour l'éternité ?

Il la maintenait sous lui et lui caressait les cheveux. Ses yeux brillaient d'un curieux éclat.

- Je vais vous emmener avec moi, loin d'ici.

Poerava s'humecta les lèvres et se demanda où il voulait en venir.

-Où irons-nous ? demanda-t-elle, essayant de gagner du temps.

Il lui caressa le cou doucement, puis l'enserra de ses mains fines et puissantes. Une peur atroce la saisit quand elle comprit qu'il allait la tuer.

- Non ! hurla-t-elle.

Son cri résonna dans la nuit, faisant écho aux chants des adeptes.

- Lâchez-là ! Elle est à moi.

Furieux, Paul se retourna.

Ken Dowry se dressait à mi-chemin entre l'escalier et la remise, un revolver à la main. Il le regardait fixement, les yeux injectés de sang.

- Lâchez-la, répéta-t-il d'une voix rauque. Ou je tire.

Paul reconnut son revolver et se demanda en un éclair où il l'avait trouvé. Joy ! Elle l'avait trahi. De toute façon, il allait mourir. Maintenant ou plus tard. Cela n'avait plus d'importance. Il devait simplement s'assurer que Poerava mourrait avant lui.

Le temps semblait s'être arrêté. La lune s'était voilée et l'obscurité s'était épaissie. Ken ne bougeait pas, figé dans son attitude résolue. Paul ne le quittait pas des yeux, un sourire méprisant aux lèvres. Ce jeune bon à rien ne l'impressionnait pas. Il n'aurait pas le cran de tirer. Il allait lui montrer ce qu'un Grand Maître savait faire. Il chuchota quelques mots à l'oreille de Poerava et se releva lentement, la tenant toujours fermement contre lui.

Un éclair de triomphe passa furtivement dans le regard de Ken. Ses muscles se détendirent. Il avait gagné ! Ivre de joie, il ne remarqua pas que Paul serrait quelque chose dans son poing droit. Au moment où, confiant, il s'avançait vers eux, un projectile le frappa en plein front. Avec un juron, il perdit l'équilibre et tomba en arrière.

Ils avaient atteint la limite de la propriété. L'océan s'étalait devant eux. Masse sombre d'eau primordiale et purificatrice. Paul frémit. Il songea aux adeptes du Petit

Cercle qui l'attendaient pour mourir. Il leur expliquerait qu'il avait dû la tuer plus tôt.

Paul Dorval brisa la frêle clôture de roseau qui les séparait de la plage et l'enjamba. Puis il tira Poerava brutalement à lui. Elle trébucha et roula sur le sable avec un cri d'animal blessé. Elle essaya de se relever, mais elle ne pouvait plus marcher. Il dut la traîner jusqu'à l'océan, dont l'écume argentée lui parlait des étoiles. Les choses n'auraient pas dû se passer de la sorte.

Il regrettait sa violence. Il s'excusa plusieurs fois. Mais Poerava ne semblait pas comprendre. Elle le regardait, les yeux agrandis de terreur.

Ils pénétrèrent dans l'eau. Elle était froide. Paul plaqua sa main sur la bouche de la jeune femme, la saisit à bras le corps et la força à s'agenouiller. Son âme allait bientôt rejoindre le cosmos où passé, présent, avenir se mêlaient. Il voulait qu'elle se recueille comme les autres.

Poerava se débattait désespérément, s'agrippant à son bras, essayant de le griffer. Il aurait dû s'unir à elle. Mais comment lui expliquer... Il était trop tard... Dans une autre vie peut-être... Alors, voyant son impuissance, il décida d'en finir.

Il la regarda une dernière fois. Puis il bascula son corps en arrière, et, d'une poigne de fer, la maintint sous l'eau. Poerava battit des jambes et voulut s'arc-bouter. Mais l'eau glaciale engourdissait ses membres, entrait dans ses narines et l'étouffait.

Soudain, un coup de feu claqua. L'étau se relâcha. Poerava, dans un ultime effort, se releva, rampa en direction de la dune et se fondit dans l'ombre.

CHAPITRE 45

Une humidité froide montait du sol. Son genou lui faisait horriblement mal et elle avait un goût de sable dans la bouche. En ouvrant les yeux, Poerava se souvint. Un frisson de peur la parcourut tout entière.

Elle se demanda combien de temps elle était restée, allongée au pied de la dune. Elle se dressa sur un coude et tendit l'oreille, le cœur battant. Elle avait cru entendre un bruissement dans l'air.

Mais non ! Elle était seule.

Le silence de la nuit était effrayant.

Il n'y avait aucun voisin aux alentours pour lui porter secours. Elle ne devait compter que sur elle-même. Elle sentit une peur panique l'envahir. Paul, avait-il été tué ? Etait-ce Ken Dowry qui avait tiré ? Auquel cas il était en train de la chercher en ce moment. Elle ne devait pas perdre une minute.

Ignorant la douleur qui lui transperçait le genou, elle se mit debout et escalada péniblement le talus de la dune, s'accrochant aux hautes herbes pour ne pas tomber. Parvenue au sommet, elle vit la maison, lugubre et solitaire. L'arrière et le premier étage étaient illuminés. Les chants s'étaient tus. Elle savait qu'elle devait absolument s'en éloigner. En boitant, elle longea la clôture dans la direction opposée. Puis, brusquement, elle obliqua sur la droite.

Elle allait sûrement trouver une cachette où elle pourrait se blottir en attendant le jour. Elle s'arrêta... Un bruit de voiture... La route n'était pas loin. Elle reprit espoir et continua à marcher malgré son genou enflé.

Tout à coup des bruits de voix lui parvinrent, étouffés. Elle se figea. Ils étaient à sa poursuite et semblaient venir de la maison. Elle s'accroupit et vit un gros tronc d'arbre évidé. Haletante, elle s'y glissa. Elle était sauve. Ils ne la trouveraient jamais.

CHAPITRE 46

La voiture s'engagea dans un chemin mal carrossé qui, d'après les indications fournies par la police locale, menait à Newland Street. Les trois hommes n'avaient pas prononcé une seule parole depuis qu'ils avaient quitté l'autoroute. Ils roulaient à présent au milieu des dunes et étaient tendus vers l'objectif à atteindre. Soudain une maison se dressa au bout du chemin.

- Regardez, nous y sommes ! fit Derek, pointant du doigt la seule maison qui se trouvait là.

- L'endroit est sinistre, remarqua le chauffeur.

- Bien choisi au contraire, corrigea l'inspecteur. Ils ne risquent pas d'être gênés par les voisins.

La voiture s'arrêta devant l'entrée principale dans un crissement de pneus. Arthur Brians en bondit, suivi aussitôt par Derek Robinson. D'autres véhicules de police arrivèrent au même instant et s'immobilisèrent devant la maison, l'encerclant d'un faisceau de lumière.

- Restez en arrière, cria l'inspecteur aux autres policiers.

Puis lui et son adjoint s'élancèrent. De l'extérieur, tout semblait paisible. Seul le rez-de-chaussée était éclairé. Ensemble ils se ruèrent sur la porte d'entrée.

Elle n'était pas fermée à clé. Au moment où Arthur Brians la poussait, une violente détonation ébranla l'arrière de la maison.

- Tous à plat ventre ! hurla-t-il. Les fumiers ! Ils ont

relié la porte d'entrée à un système de mise à feu. Appelez les pompiers !

Des flammes s'échappaient déjà de l'arrière de la bâtisse. Une fumée âcre gagnait rapidement le hall et l'escalier. L'inspecteur enleva sa veste et s'enveloppa la tête et les épaules. « Par derrière, vite! » cria-t-il à Derek. Et sans écouter ses avertissements, il s'enfonça dans le brasier.

Les forces de police se déployèrent à la suite de Derek Robinson. Le premier, il vit l'escalier de bois qui conduisait à la cuisine. D'épaisses volutes de fumée en sortaient. « Bon Dieu, murmura- t-il. Quel merdier ! » Il n'avait pas fini sa phrase qu'une seconde explosion fit trembler le sol et les jeta à terre.

- Dépêchez-vous ! Le temps presse, hurla-t-il en se relevant.

En s'approchant de l'escalier, il vit une forme se mouvoir. Il fit signe aux policiers de s'arrêter et dégaina son arme. Un homme hébété s'avança en titubant dans la lumière des torches.

- Ne tirez pas ! fit une voix geignarde. Je suis Ken Dowry et je sais où se trouve Poerava Morton.

- Où est-elle ? aboya durement Derek.

L'homme sembla hésiter un instant, calculant ses chances. En aidant la police, il pouvait encore s'en sortir. C'était d'ailleurs la seule raison pour laquelle il avait, à la dernière minute, laissé la vie sauve à la jeune femme. Malgré sa haine.

- Là-bas sur la plage, lâcha-t-il en désignant la mer.

- Conduisez-moi tout de suite auprès d'elle.

Puis se tournant vers le chef de la police locale, Derek lui désigna deux de ses hommes.

- Qu'ils viennent avec moi ! Vous et les autres, entrez dans la maison. Et faites vite ! L'inspecteur Brians est à l'intérieur... Sortez-le de là !

Derek Robinson jeta un dernier regard en arrière. Les flammes se propageaient à vive allure et jaillissaient des fenêtres. L'odeur de fumée commençait à se répandre dans la nuit et leur piquait les narines. Par comparaison, le calme de la dune contrastait étrangement avec l'agitation qui régnait autour de la maison. La lumière blanche des torches se mêlait aux lueurs rougeâtres des flammes et conférait au paysage un caractère irréel.

Les trois policiers emboîtèrent le pas à Ken au moment précis où la sirène des pompiers déchiquetait l'air de son hurlement sinistre. Cette fois, Derek ne se retourna pas. Il se plaça derrière l'étudiant et le força à avancer. Ils marchèrent ainsi un long moment en silence. Puis soudain, Ken Dowry s'arrêta net. Ils avaient atteint l'endroit où la dune se confondait avec la plage.

- Qu'y a-t-il ? demanda Derek serrant dans sa paume son revolver.

- Je ne comprends pas ... Elle n'est plus là, bredouilla-t-il.

- Quoi !

Les yeux exorbités, Derek Robinson se jeta sur lui et le saisit à la gorge, ses doigts s'enfonçant dans sa chair.

- Espèce de salaud ! Tu t'es bien foutu de nous, hein ? Ne crois pas que tu vas t'en tirer à si bon compte.

Sa voix tremblait de fureur et il avait du mal à ne pas le frapper.

- Quand je l'ai laissée pour vous téléphoner, elle était blessée et ne pouvait plus marcher, l'assura Ken le visage blême de peur.

- Elle était seule ?

- Non. Elle était avec Paul Dorval.

Derek brandit son arme et l'appuya contre la gorge de Ken.

- Tu vas me dire où ils sont ou bien je te fais sauter la cervelle ?

- Je n'en sais rien. Je vous le jure !

Puis se reprenant, il ajouta très vite.

- Paul Dorval est mort. Il est quelque part ici sur la plage.

Derek relâcha son étreinte et regarda autour de lui. Dans la demi obscurité, il crut discerner une forme allongée près de l'eau. La colère l'avait soudain quitté. À l'approche du dénouement, il se sentait plus calme.

- C'est toi qui l'as tué, n'est-ce pas ?

Ken Dowry ne répondit pas.

- C'est bon. Allez vérifier ! ordonna-t-il aux deux policiers qui jusque-là n'avaient pas dit un mot.

- Quant à nous deux, on continue. Et je te conseille de la retrouver vivante.

Ken grommela quelque chose que personne n'entendit. Le toit de la maison venait de s'écrouler dans un immense craquement.

Les quatre hommes sursautèrent et restèrent pétrifiés quelques instants. Puis Derek reprit ses esprits et, accompagné de Ken, rebroussa chemin tandis que les deux policiers descendaient sur la plage. Quelque chose lui disait que si Ken Dowry n'avait pas menti, Poerava Morton devait s'être enfuie du côté de la route.

Un éclair de lumière zébra l'obscurité. Des pas se rapprochèrent. Poerava crut reconnaître la voix de Ken Dowry et s'affola. Instinctivement, elle chercha au fond de sa mémoire la prière qu'elle récitait le soir lorsqu'elle était petite. Et elle pria. Brutalement un voile se déchira. Elle revit avec clarté un tiki aux yeux menaçants... Son père qui lui faisait visiter les lieux de mémoire *Ma'ohi*... Et le rire perlé de son aïeule lorsqu'elle prenait peur et se cachait dans ses bras.

Un rire caverneux la fit sursauter. « Par ici ! » cria une voix d'homme. « Non ! » hurla-t-elle. Terrorisée, Poerava sortit de sa cachette. Une odeur de fumée la saisit à la gorge. Sans comprendre, elle courut avec peine vers la route. Des phares l'aveuglèrent.

Elle agita les bras et se précipita sur la voiture... Des pneus crissèrent... Elle entendit encore des cris. Puis ce fut le silence.

CHAPITRE 47

Autour de la maison, la confusion était totale. La chute du toit avait fait crouler le premier étage, menaçant tout l'édifice. Le feu embrasait maintenant complètement le rez-de-chaussée et toute la maison était prête à s'effondrer.

Malgré cela, policiers et pompiers s'affairaient courageusement, ignorant le danger que pouvaient occasionner d'autres éboulements. Des camions citernes déversaient des kilomètres de tuyaux, tandis que des sauveteurs armés de lances à incendie s'élançaient à l'assaut des flammes. Les hommes se bousculaient, juraient, se battaient désespérément contre l'inévitable.

Un craquement soudain ébranla une dernière fois la maison. Une clameur s'éleva. L'instant d'après, le premier étage s'abattait dans un nuage de poussière. L'inspecteur Brians sortit des décombres, miraculeusement indemne. Il avait des mèches de cheveux roussis par endroits et le visage maculé de suie. Il s'avança vers les policiers qui le dévisageaient interdits.

- Eh bien ! Qu'est-ce que vous attendez pour y retourner? Il y a peut-être des vies humaines à sauver. Le sous-sol est intact... Suivez-moi !

Et il s'enfonça à nouveau dans les ruines encore fumantes.

Tout de suite, Jim sut qu'ils arrivaient trop tard. Le chemin était encombré de voitures de police et de camions de pompiers. Des colonnes de fumée montaient en spirales dans le ciel et rendaient la nuit plus opaque. L'agitation était à son paroxysme.

Nick freina brutalement pour éviter un policier qui leur barrait la route. En jurant, il gara sa voiture sur le bas-côté et descendit. Jim en fit autant. Sans perdre une seconde, Nick Martins présenta sa carte de presse et demanda au policier de les conduire sur les lieux.

Plusieurs déflagrations et une intense lueur les avaient déjà préparés au pire. Mais ils espéraient encore. Ils se frayèrent un passage à travers la foule des sauveteurs qui s'agitait en tous sens et durent, plusieurs fois, accélérer le pas pour ne pas perdre de vue le policier. Enfin quand ils se trouvèrent face à la maison, tous deux furent atterrés par le spectacle qui s'offrit à leurs yeux. L'habitation était réduite à l'état de cendres, à l'exception de quelques murs qui tenaient encore debout.

Jim ne put retenir un cri et voulut se précipiter vers les décombres. Nick le retint par le bras.

- Du calme, mon vieux ! Rien ne prouve que Poerava soit à l'intérieur. Elle a très bien pu s'échapper au dernier moment... Et puis, on ne vous laissera pas passer.

Jim Simmons, le visage blêmi par l'angoisse, resta figé sur place. Il ne pouvait détacher son regard des ruines où le destin de la jeune femme venait peut-être de se jouer. Comprenant que son compagnon avait besoin d'un peu de solitude, Nick s'écarta et interpella un autre policier qui passait.

- Où est l'inspecteur Brians ?
- Il fouille la maison.... Ne restez pas là, circulez !

Nick Martins n'osait formuler les pensées qui tournoyaient dans sa tête depuis leur arrivée. Pourtant il s'entendit demander :

- Peut-on approcher ? Vous comprenez, je suis journaliste et l'une de mes consœurs est peut-être parmi les victimes.

- Désolé, mais je ne peux rien vous dire. Puis, après un court instant d'hésitation, il ajouta ... seulement que le sous-sol n'a pas été attaqué par les flammes.

- Vous voulez dire qu'il y a des survivants ?

- Je n'ai pas dit cela, fit le policier légèrement agacé. Disons que tout espoir n'est pas perdu. Mais je vous conseille de ne pas rester là.

- OK. Mais avant, il faut que je parle à l'inspecteur Brians.

- Impossible. Je ne peux pas le déranger.

Puis sans plus d'explications, il tourna les talons.

- Attendez ! cria Nick d'une voix étranglée de colère. Je suis rédacteur en chef d'un grand journal et il est de mon devoir d'informer mes lecteurs sur cette affaire. Laissez-moi passer !

Le policier se retourna et eut un petit sourire.

- Vous savez, nous n'aimons pas beaucoup les journalistes. Alors, je ne vois pas pourquoi je ferais une exception aujourd'hui. Vous serez informés comme les autres lors de la conférence de presse que donnera l'inspecteur Brians. Maintenant excusez-moi, j'ai moi aussi un travail à faire.

« Sale con ! » siffla Nick entre ses dents, au comble de l'exaspération. Puis, voyant qu'il ne pouvait rien en tirer, il fit demi- tour et retourna voir Jim qui n'avait pas bougé.

- Rentrons, dit-il. Ils refusent de nous laisser passer.

- Pas question !

Nick le regarda, surpris.

- Que voulez-vous dire ?

- Je ne peux pas croire à une fin aussi stupide. Ce n'est pas digne de Poerava. Elle a dû s'échapper ... Elle est peut-être encore en vie ou aux prises avec l'un de ces fous.

- Bon. Puisque la police se charge de la maison, nous, on fouille la dune.

- Alors, ne perdons pas de temps. Allons-y ! fit Jim Simmons qui avait soudain recouvré toute son énergie.

Les deux hommes regagnèrent la voiture en courant. Chaque minute était précieuse et ils le savaient. Les portières à peine refermées, Nick fit marche arrière et démarra en trombe.

À leur grande surprise, les pompiers découvrirent dans les ruines plusieurs dispositifs de mise à feu de fabrication artisanale. Ils avaient été placés avec soin et reliés à des bidons d'essence ainsi qu'à des bonbonnes de gaz. Cela expliquait la violence des déflagrations qui avaient incendié la maison. La volonté criminelle était évidente.

Le capitaine des pompiers décida immédiatement d'avertir l'inspecteur Brians. Celui-ci se trouvait à l'arrière de la maison.

- Venez voir, inspecteur ! Je crois que cela va vous intéresser.

- Qu'avez-vous trouvé, capitaine ? fit Arthur Brians d'un ton bourru.

- Leurs dispositifs de mise à feu, des restes de sacs poubelle fondus et des seringues.

- Très intéressant. Je vous suis.

Les deux hommes pénétrèrent dans ce qui restait du hall, contournèrent le grand escalier pour se diriger vers la cuisine. À ce moment précis, un policier leur cria de s'écarter. Un pan de mur s'écrasa à leurs pieds avec un bruit mat, dégageant une porte dérobée cachée sous l'escalier.

- Enfoncez la porte ! ordonna l'inspecteur aux policiers qui accouraient. Je vous rejoins dans une minute.

Arthur Brians ne fut pas vraiment étonné en examinant le matériel abandonné dans la cuisine. Il s'en doutait. Il était convaincu depuis le matin qu'il avait affaire à une secte et que son gourou était Paul Dorval. Maintenant il tenait la preuve qui lui manquait. Quand il revint sur ses pas, les policiers avaient enfoncé la porte et fait une macabre découverte. Dans une vaste pièce en sous-sol étaient allongés à même la terre battue trente-huit cadavres. Certains étaient criblés de balles. Tous avaient les mains liées derrière le dos et des sacs poubelle sur la tête.

Le spectacle était insoutenable et les hommes restèrent figés, ne sachant que faire. L'inspecteur, lui-même, marqua un temps d'arrêt, puis cria ses ordres.

- Secouez-vous, bon sang ! Allez chercher les pompiers pour qu'ils vous aident à transporter les corps à l'extérieur. Prévenez également le médecin légiste du secteur.

Au même moment, un sapeur-pompier vint l'informer qu'ils avaient découvert de leur côté un réduit où une jeune femme aux cheveux rouges était enroulée dans un tapis. Son corps était couvert d'hématomes et lardé de coups de couteau. Arthur Brians reconnut aussitôt à sa chevelure Sheila Parkinson.

- Quelle boucherie !

Il était écœuré. Soudain, il pensa à Jim Simmons et Nick Martins. Ils devaient être sur les lieux depuis longtemps et cherchaient sans doute à le joindre. Il se raidit. Il avait été tellement occupé qu'il n'avait pas songé un seul instant à Poerava Morton. Où pouvait-elle bien être ? Les corps retrouvés étaient ceux des adeptes de la secte, pas de ses dirigeants. Son expérience lui dictait que tant qu'il ne retrouvait pas Paul Dorval, Poerava avait toutes les chances d'être en vie.

Il décida d'aller à leur rencontre. En remontant du sous-sol, il vit le capitaine des pompiers, un homme d'ordinaire placide, se précipiter vers lui.

- Nous avons trouvé leur sanctuaire de l'autre côté de l'escalier, articula-t-il en bégayant. Nous enlevions des gravats et...

Le capitaine avait du mal à reprendre sa respiration et n'acheva pas sa phrase. L'inspecteur sentit tous ses muscles se contracter. L'appréhension lui serrait la gorge et c'est d'une voix rauque qu'il lâcha :

- Je viens.

Maintenant il ne comptait plus que sur son adjoint. Son idée de suivre Ken Dowry sur la dune était peut-être la bonne. Il l'espérait, en tout cas, de toute son âme.

CHAPITRE 48

En descendant les marches qui menaient au sanctuaire, Arthur Brians se força à ne pas laisser paraître les sentiments qui l'agitaient. Avec un calme apparent, il en franchit le seuil et s'approcha des sauveteurs qui l'attendaient.

A la différence de l'autre pièce, l'endroit était luxueux. Les murs étaient tendus de tissu rouge et un autel de pierre, sur lequel étaient disposés un récipient en bambou et des bâtons d'encens, trônait en son centre. Autour de l'autel gisaient en forme de soleil huit corps revêtus chacun d'une longue cape blanche. Ils reposaient tous sur des tapis de la même couleur que les murs. Des seringues, des lettres-testaments et des médicaments étaient éparpillés sur le sol.

Chaque dépouille avait la tête enveloppée dans un sac poubelle, à l'exception de trois d'entre elles. L'inspecteur Brians n'eut pas de mal à identifier Tony Smith et John Knox dans les deux premiers corps. Le troisième était celui d'une femme blonde qu'il ne connaissait pas, mais il pensa tout de suite à Joy Hoggins.

Le visage décomposé, l'inspecteur se tourna ensuite vers les sauveteurs et leur demanda d'enlever les sacs en plastique qui enveloppaient les têtes des victimes. La perspective que Poerava Morton pût être parmi elles le paralysait. Il songeait à Nick Martins et à Jim Simmons. Il venait de donner des ordres pour qu'on les laisse passer. Mais qu'allait-il leur fournir comme explications ? Il savait qu'il n'avait pas pu éviter ce massacre et qu'on allait le lui reprocher. La presse, une fois encore, se déchaînerait contre lui et ses hommes. Il craignait surtout les sarcasmes de Nick. Ils faisaient pourtant leur travail du mieux qu'ils pouvaient, souvent sans grands moyens. Mais personne ne leur en savait gré.

À cette pensée, il se voûta. Puis, lentement, il fit le tour de l'autel. Il ramassa quelques lettres-testaments qu'il parcourut rapidement du regard. Toutes glorifiaient le Grand Maître. Soudain, il crut apercevoir un objet à demi dissimulé sous l'autel. Il s'approcha. C'était un coffret en bois doré, de grande taille. Avec précaution, il le tira vers lui et l'ouvrit. A l'intérieur se trouvaient plusieurs lettres de Paul Dorval et un recueil d'instructions.

Il s'assit et lut, avide de comprendre.

Dix minutes plus tard, un policier le tira brusquement de sa lecture.

- Inspecteur, un certain Nick Martins demande à vous voir. Il dit que c'est très urgent.

Arthur Brians tressaillit.

- Dites-lui que j'arrive.

Puis, il ajouta aussitôt, comme s'il sortait d'un mauvais rêve :

- Des nouvelles de mon adjoint, sergent ?

- Non, inspecteur. Désolé.

- Alors, envoyez des renforts sur la dune et fouillez-la de fond en comble ! Tâchez également de rétablir le contact avec Derek et prévenez-moi si il y a du nouveau.

Malgré son abattement, quelque chose lui disait que Poerava Morton n'était pas morte. Il se répétait que tant qu'il n'avait pas retrouvé Paul Dorval, tout espoir n'était pas perdu. Cette pensée lui donnait le courage d'affronter Nick Martins.

À l'instant où il sortait des décombres, son téléphone mobile sonna.

Les deux hommes n'avaient pas fait cinq cents mètres qu'une silhouette émergea de l'ombre et se jeta sur la route. Dans la lumière des phares, ils reconnurent aussitôt Poerava.

Nick jura et écrasa brutalement la pédale du frein, tandis que Jim, perdant tout sang-froid, tentait d'ouvrir sa portière. Projeté en avant, il ne dut son salut qu'à la ceinture de sécurité qui le maintenait fermement contre son siège. La voiture fit encore quelques mètres, tangua dangereusement, puis s'immobilisa en travers de la route.

Hébétés, les deux hommes se regardèrent sans parler, incapables d'articuler une parole. Ce fut le journaliste qui reprit le premier ses esprits.

- Bon sang, elle est vivante ! Vivante, répéta-t-il à présent secoué d'un rire nerveux. C'est vraiment génial. Je n'arrive pas à y croire.

Puis, prenant Jim par l'épaule, il ajouta :

- Qu'attendez-vous pour aller à sa rencontre ? Si c'est moi qui descend avant vous, vous m'accuserez des pires intentions. Secouez- vous, mon vieux!

Jim Simmons ne prit pas la peine de répondre, mais suivit son conseil et sortit du véhicule. Poerava avançait vers lui en titubant et il crut qu'elle allait s'évanouir. Il s'élança à sa rencontre et voulut la prendre dans ses bras. Mais elle le repoussa fermement.

- Je veux retourner là-bas... Où sont les autres ?
- Quels autres ? bégaya Jim encore sous le choc.
- Ceux qui partent pour la grande migration cosmique.
- De quoi parles-tu ? Voyons explique-toi !
- J'ai compris trop tard, continua Poerava d'une voix forte, que la Fondation Smith abritait une secte et que Paul Dorval était leur Grand Maître. Ils m'ont attirée sciemment dans leur repaire où ils devaient tous mourir. C'est pourquoi il faut retourner dans la maison pour les sauver et vite.

Nick et Jim échangèrent un bref regard, puis le premier prit la parole.

- Mon petit, la maison a brûlé. Elle est complètement détruite et en ce moment la police et les pompiers sont en train de la fouiller à la recherche de vies humaines.
- Le sanctuaire ! s'écria Poerava.
- Le sanctuaire ? reprit Nick sans comprendre.
- Oui. C'est là que devait avoir lieu la cérémonie du départ.
- Qui étaient les officiants ? insista Jim.
- Paul Dorval, le neveu du fondateur de la Fondation Smith et une jeune femme blonde.

- Joy Hoggins, laissa tomber Nick froidement en regardant de biais

Jim, qui ne fit aucun commentaire. Bon Dieu, ils sont tous là !

- Vous connaissez cette femme ? s'enquit Poerava étonnée.

- Oui. C'est une collègue de Jim.

- Ah ! Je comprends mieux certaines choses.

- Comme quoi, par exemple ? demanda Jim sur la défensive.

- Comme son attitude agressive envers moi, répondit-elle avec un sourire malicieux au coin des lèvres.

Jim ne releva pas. Cela lui rappelait trop de cuisants souvenirs. Il la regarda et fut soulagé de constater qu'elle lui souriait. Alors il se pencha et l'embrassa.

Nick les interrompit en toussotant.

- Désolé les tourtereaux, mais il va falloir se décider... Poerava, es-tu bien certaine que tu veux retourner là-bas ?

- Oui, fit-elle dans un souffle.

- Cela va être éprouvant pour toi, tu le sais ?

- Mais oui, elle le sait ! rétorqua Jim avec vivacité.

- Oh alors, c'est différent ! fit Nick en levant les yeux au ciel. Cette fois-ci, il va falloir qu'ils nous laissent passer.

Et il redémarra sur les chapeaux de roues.

Ils roulèrent en silence. Mais à l'approche de la maison, la jeune femme, les nerfs à vif, ne put retenir ses larmes.

- Pardonnez-moi, fit-elle entre deux sanglots.

- Ne t'excuse pas. C'est nous les imbéciles, répartit Jim d'un air abattu. Nous n'aurions jamais dû t'écouter.

- Mais si. J'ai simplement besoin de parler.

Elle fit une pause et continua.

- Tu te rappelles ce rêve qui m'a tant effrayé ?

Jim acquiesça.

- Eh bien, sur la dune au moment où je croyais mourir, j'ai enfin compris ce qu'il signifiait. Il me renvoyait à ma petite enfance quand ma grand-mère me racontait des histoires avant de m'endormir. L'une d'entre elles m'effrayait particulièrement. Elle racontait celle d'une jeune fille offerte en sacrifice aux dieux *Ma'ohi*.

- Et le pendentif que ton père t'a donné avait la forme

d'un tiki. Il a donc déclenché un phénomène de régression spontané lors de ton agression.

- C'est cela et Paul Dorval, à mon insu, a exploité cette fragilité.

Nick stoppa la voiture. Ils étaient devant ce qui restait de la maison. Il ouvrit sa portière et aperçut Arthur Brians qui s'avançait vers eux. Il lui sembla qu'il avait l'air accablé et plus vieux que d'habitude. Voulant le rassurer immédiatement, il lui cria en gesticulant.

- Poerava est avec nous !

- Poerava Morton ? fit l'inspecteur, incrédule.

La jeune femme sortit de la voiture. Il la dévisagea un long moment, comme s'il doutait encore de ce qu'il voyait. Puis son visage se dérida soudain et s'éclaira d'un large sourire.

- J'étais très inquiet pour vous...Mon adjoint vient de m'apprendre par téléphone la mort de Paul Dorval et votre disparition. Nous avions découvert qu'il était le gourou d'une secte aux obsessions apocalyptiques et qu'il avait mis à exécution son projet de migration cosmique vers la Constellation des Pléiades. Nous avons arrêté le seul survivant, Ken Dowry, pour meurtre et complicité de meurtres. Il a d'ailleurs reconnu les faits immédiatement.

- Bien joué, Arthur ! dit Nick en lui serrant la main.

- Oui. Mais nous sommes arrivés trop tard pour ceux-là.

Et il leur désigna les dizaines de cadavres alignés sur le sol calciné.

- Tu as tout fait pour les sauver. Les sauveteurs n'arrêtent pas de parler de ton courage.

Arthur Brians lui jeta un regard de reconnaissance.

- As-tu trouvé celui qui a agressé Poerava Morton ? continua Nick sans lui laisser le temps de le remercier.

L'inspecteur hocha la tête sans quitter des yeux la jeune femme.

- Ken Dowry a avoué avoir été payé par John Knox pour vous déstabiliser, Poerava, et vous forcer à arrêter vos recherches. Par contre la date du 20 novembre a été choisie par Paul Dorval, car elle coïncidait avec le lever des Pléiades et faisait partie de son plan. Il vous a aussi fait suivre et épier pour pouvoir mieux vous manipuler.

- Je n'arrive pas à y croire ! gémit-elle. Et pourquoi ces photos ?

- D'après les lettres que j'ai trouvées dans le sanctuaire, Paul Dorval croyait en la réincarnation. Il était persuadé vous avoir connue dans un passé lointain. Votre ressemblance avec sa mère, dont l'esprit le guidait, était pour lui un signe. C'est pourquoi, il voulait vous sauver de la corruption de ce monde en vous emmenant avec lui et toute la secte sur la Constellation des Pléiades, lieu où d'après lui vivent les Anciens *Ma'ohi*.

- Je vous remercie, inspecteur, fit Poerava. Vous m'avez sauvé la vie.

- Je crains que non, répondit-il avec un profond soupir. Ce sont vos amis qu'il faut remercier. Sans eux, nous n'aurions jamais retrouvé votre trace.

DISTRIBUTION NUMÉRIQUE
'API TAHITI
BP 3495, 98713 PAPEETE
TAHITI
POLYNÉSIE FRANÇAISE

CONTACT@APITAHITI.COM

www.ingramcontent.com/pod-product-compliance
Lightning Source LLC
Chambersburg PA
CBHW071155260626
47162CB00003B/1061